eb...

Andreas Iten (Hrsg.)

Der Rigi ist die Rigi

Ein Lesebuch

Mit Illustrationen
von Lotte Greber

edition bücherlese

eb…

Im Auftrag des Rigi Kulm-Hotel, *www.rigikulm.ch*
Illustrationen: Lotte Greber, *www.lottegreber.info*
Mitarbeit, Gestaltung und Satz: Max Chr. Graeff, Kriens
Druck und Bindung: Engelberger Druck AG, Stans

ISBN 978-3-9524082-7-8

1. Auflage 2016

Gleich auff der ſeiten fangt ſich an
Der Regj-Berg aufflaſſen /
Steigt ſo hoch daß ſein Güpffel kan
Das lauffend G'wülck ſchier faſſen.
Auff diſem zihlt /
Offt nach dem G'wild
Der Jäger gantz ermattet;
Biß jhm ſein Schweiß /
Vnd krumbe Reyß
Der z'ſchoſſne Hirſch erſtattet.
Von dem kanſt mercken ab ſein Höh /
Wilt du die Füß dran wagen:
Sichſt auff dem höchſten Spitz neün See /
Bey glantzen Sommer-Tagen.
Doch z'oberſt gar
Iſt er fruchtbar /
Mit grünem Graß bekleydet:
Würdig vnd wärt
Daß dort ſein Härd
Der Edle Daphnis weydet.

Faksimile aus: Johann Leopold Cysat, *Beschreibung deß Berühmbten Lucerner- oder 4. Waldstätten Sees ...*, Luzern 1661

Die geneigten Leserinnen und Leser des Buches werden erstaunt feststellen, dass dies eine der eher seltenen Innerschweizer Publikationen ist, in denen kaum Mundart geschrieben wird. Dafür haben wir uns erlaubt, in die Illustrationen einige Begriffe aus Ägeri/Schwyz einzubauen. Die Auflösung finden Sie auf den letzten Seiten.

Die historischen Texte wurden im Wortlaut und in der Interpunktion der Quellen belassen.

Editorial

Die Rigi, unser weltbekannter Berg am Vierwaldstätter See, bietet nicht nur ringsum eine Sicht auf die Welt, die zumindest von hier oben aus stets so herrlich scheint, wie Goethe es beschrieb. Auch vom Tal aus betrachtet verändert sich ihre Gestalt bei jedem Schritt um sie herum. Dass sie viele Seiten hat, wissen die Menschen seit Tausenden von Jahren. Noch zur Zeit des literarischen Gipfelstürmers Goethe gab es kein Hotel, keine Herberge auf der wetterumtosten Spitze; man suchte auf halber Strecke Schutz. Aber ganz oben gestanden und gestaunt haben sie alle.

Was sind gegen die Zeitspanne der Bergbesiedlung schon die 200 Jahre seit der Eröffnung des ersten Kulm-Gasthofs am 6. August 1816? Nun, immerhin sieben Generationen. Seit dreien davon hat unsere Familie die Ehre, Besitzer und Gastgeber im berühmten Haus zu sein und heuer diesen Geburtstag eines Meilensteins der internationalen Tourismusgeschichte feiern zu dürfen. Das ist

Anlass für viele Erinnerungen und auch für ein (weiteres) Buch im Rigi-Regal.

Dass dies ein besonderes Lesebuch wurde, dafür sorgte Andreas Iten als Herausgeber mit erfahrener Hand. Und dass wir es auch ausserhalb des eigenen Horizonts zeigen können, das verdanken wir der Mitarbeit der Verlegerin Judith Kaufmann und jener von Max Christian Graeff und Lotte Greber.

Das Thema wird bereits im Titel eröffnet: *Die* oder *der,* der oder die – der Meinungen gibt es viele. Was den Berg angeht, sind wir hemmungslos royalistisch: Der König mag der Pilatus sein, und wen schaut er unentwegt zu seiner Seite an? Die jeden Tag aufs Neue strahlende Königin, die Rigi. Mit ihrem Kulm.

Der Rigi-Kulm ist kein Ort für Weltrevolutionen. Und auch für Weltreligionen nicht, möchte man sagen, denn hier oben sind wir alle gleich, an wen oder was wir auch glauben. Wer möchte auf eine Deutung bestehen, wer möchte Recht haben angesichts dieses Ehrfurcht erweckenden Rundblicks auf das Leben? Diesen Moment vermitteln einige der ernsthaften Berichte von Welt suchenden und Geist findenden Reisenden. Der tägliche

Betrieb sorgt aber auch für heitere oder gar bissige Betrachtungen der Unterhaltungsliteratur von heute oder besonders jener des 19. Jahrhunderts. Diese Texte sind nicht so sehr ein Besuch in der Abteilung «Helvetia» im grossen Völkerschau-Gelände, sie sind vielmehr allgemeine Zeugnisse der Entwicklung des modernen Tourismus in Europa, in dem die Rigi nun einmal zu den hervorstechenden Orten gehört. Einige Berichte über das individuelle und kollektive Erleben sind Spiegelbilder von Rigifahrern mit grossbürgerlicher Attitüde, manche gesellschaftskritisch und andere einfach schwerelos und entspannt.

Deutlich vor den historischen Texten stehen aber die Beiträge von Autorinnen und Autoren der heutigen Innerschweiz – oder mit Bezug zu ihr. Sie haben den feuilletonistischen Auftrag abgelegt; sie widmen sich der Bergbetrachtung mit individuellem Witz oder selbstbewusst kontemplativ, finden auf der Rigi meist Momente des Durchatmens in einer oft beunruhigenden Welt.

Einer von ihnen, der uns persönlich sehr am Herzen lag, sei hervorgehoben: Anton Rotzetter. Er ist, während das Buch entstand, im Einklang mit sich und der Welt von uns gegangen und hinterliess uns eine letzte lyrische Meditation. Wir wünschen Ihnen, besonders in seinem Namen, mit friedlichem Herzen bei uns und in diesem Buch zu verweilen.

Um im Angesicht unseres geliebten Berges die vielen alten Zeugnisse und auch das neue Buch in gewisse Schranken zu weisen, hier noch die Endstrophe eines Gedichts des russischen Romantikers und Rigi-Besuchers Vladimir Benediktov, aus dem Jahr 1858:

> Ich möchte in Worte es fassen ...
> Doch flüstert in strahlendem Kleid
> der Genius der Berge mir: Lass es!
> Verdirb es nicht, staune – und schweig!

Familie Käppeli-Item

Mons rigidus

Franz Hohler

Stotzig sei er, dieser Berg, fanden die Römer, und nannten ihn *rigidus*, den steilen. Wären die Römer mit meiner Frau und mir zusammen um halb sieben Uhr morgens auf dem Gipfel gestanden, hätten sie ihn *frigidus* genannt, denn der eisige Wind blies uns sogar unter die Halstücher, mit denen wir unsere Gesichter vermummt hatten, drang in die gefütterten Handschuhe ein und machte die Finger steif.*

Was einen an einem Märzsonntag in der Frühe auf die Rigi treibt, kann eigentlich nur der Sonnenaufgang sein. Da steht es vor uns, das Inselreich der Alpengipfel, und wird von einem atlantischen Nebelmeer umspült, vielleicht schwimmen Seekühe und Ichthyosaurier in seinen Wellen, und Trilobiten werden an die Ufer der Berge gespült, welche so unberührt aussehen, als seien sie erst vor kurzem aus dem Ozean emporgedrückt worden, durch ein Kräftemessen zweier Kontinentalplatten auf dem Boden dieses Ozeans. In bizarrem

Clinch sind die Gesteinsmassen erstarrt und haben in der nachrömischen Zeit Namen wie Tödi, Schärhorn, Bristen, Dossen, Jungfrau oder Eiger bekommen, und die schirmen nun wie ein steinerner Cordon den Süden vom Norden ab. Ein paar Mergelhaufen sind beim Kampf von der Kette weggespritzt und liegen geblieben, als Vorposten sozusagen oder als Vorwarnung. Auf einem davon stehen wir und warten im Schnee gemeinsam mit der Alpenkette auf die ersten Boten der Sonne, welche aus dem Weltraum Nachrichten von Licht und Wärme überbringen. Und da sind sie, huschen von einem Berggipfel zum andern, verscheuchen die herumlungernden Nachtschatten wie lästiges Volk und schaffen Platz für den Auftritt der Königin des Tages, die Sonne.

Die Täuschung ist perfekt: die Königin erhebt sich über dem Horizont, um auf ihr Inselreich zu blicken. So glaubten alle Völker, und so würde auch ich glauben, wäre mir nicht das Wissen von Kopernikus, Kepler und Galilei weitergegeben worden, nämlich dass die Königin still steht und die Erde sich vor ihr verneigt. Erst vor wenigen Jahren hat sich auch der Vatikan den Erkenntnissen der Astronomie angeschlossen und das Urteil gegen Galilei im 17. Jahrhundert für ungültig erklärt.

Als das Inselreich den Glanz der Königin dankbar zurückwirft, verneigen auch wir uns vor der Majestät und gehen zurück in die warmen Betten des Hotels Kulm, wo es mir ohne weiteres gelingt, nochmals zwei Stunden zu schlafen.

Die Wanderung dann, die wir um halb elf antreten, ist kurz, sanft und kniefreundlich. Zuerst nach Staffel hinunter, wo ich fast auf eine kleine Sonnencremetube mit dem erstaunlichen Faktor 26 trete, die ich einstecke und mitnehme, dann weiter und vorbei an einem Gedenkstein für die Zweierbesatzung eines Postflugzeugs, das 1936 bei Nebel in die Rigi prallte. Die Briefe dieses Fluges werden heute bestimmt teuer gehandelt, Katastrophen sind unter Philatelisten sichere Werte.

Wir tauchen ins Meer ein und erreichen im Wellenschlag des Nebels das Känzeli, von dem aus man bei klarem Wetter auf dem Meeresboden Luzern sieht. Jetzt sehen wir gar nichts, ausser den grauen Wogen vor, hinter, unter, neben und über uns. Auf dem Weg nach Kaltbad hätten wir beinahe die kleine Waldkirche übersehen, die sich, hinter mächtigen Felsbrocken versteckt, unter eine Mergelwand duckt. Sie ist unserer Mutter zum kalten Bad gewidmet und stammt aus der Zeit, als man Galilei auch in ihrem Namen mit der Folter drohte. Eine Quelle fliesst aus einem Felsspalt und wird durch ein Becken gefasst, in das sich die Pilger wohl früher hineinlegten. Als wir wieder etwas bergauf gehen, erscheint die Königin erneut, zuerst als fahle Scheibe, bis sie uns in Kaltbad wieder in vollem Ornat begrüsst.

In First kehren wir in einem Restaurant ein, in dem ein erlegter Bär an der Wand hängt, und das Gebäude, das einmal der Bahnhof Rigi-First war, ist mit «Wölfertschen» angeschrieben.

* Diesen Text schrieb ich für mein Buch «52 Wanderungen», das 2005 erstmals erschien. Als ich kürzlich darauf aufmerksam gemacht wurde, dass diese Etymologie nicht zu halten sei, indem einerseits *rigidus* nicht *steil,* sondern *starr* heisse, und andererseits der Berg seinen Namen von den deutlich sichtbaren Streifen der Gesteinsschichten, der *Riginen* habe, fragte ich mich, was ich nun mit diesem Titel tun solle. Da mir aber der Anfang gefiel, beschloss ich nach längerem Nachdenken, ihn einfach so zu lassen – oder Hand aufs Herz: Hätten Sie gewusst, dass er falsch ist?

Die Wunder des Lichts

Andreas Iten

I.

Die blaue Bahn ratterte den Berg hinauf, mit den Zähnen im Geleise, langsam, gelassen. In der frühen Abenddämmerung schneite es in leichten Flocken. Sie bestreuten die Laubbäume; auf den Wiesen lag nur eine dünne Schicht. Drei Personen waren im Wagen. Sie schwiegen. Kein Wort fiel. Sie schauten und staunten. Aufwärts fahrend lag der Schnee dichter. Die Bahn wirbelte ihn auf. Der Wetterbericht hatte eine kalte, sternenklare Nacht versprochen. Sie lockte mich auf diesen Ausflug, denn gerade erst war Vollmond gewesen. Ich würde ein Naturschauspiel erleben, wie ich es noch nie gesehen hatte. Je höher die Bahn stieg, desto tiefer lag der Schnee. Stiefeltief. Dort vorne tappte eine Person über den noch nicht gepflügten Weg. Links der Strecke stürzten die Felswände zu unseren Gleisen hinab, im steilen Hang bestockt mit Fichten und Stauden. Dort, wo in der warmen Jahreszeit leichte Wasser über die Gräben und Felsen des Abhangs fallen, hingen schwere, bizarre Eiszapfen. Die drei Personen schwiegen noch immer, stumm wie der Wald. Der schwerer werdende Schnee drückte die Äste der Fichten nach unten. Er hüllte sie ein, als wären es stumme Riesen. Kein Wind. Es war, als ob die Kälte durch das Tal geschlichen käme, das sich beim Chlösterli öffnet. Wo der Hauch des Atems auf das Fenster traf, beschlug es sofort. Kein Licht aus dem Hotel und dem Kirchlein. Die Bahn stampfte weiter hoch. Plötzlich und völlig überraschend drückte der Nebel vom Berg nach unten, auf uns zu. Er verdunkelte den Weg. Beim Staffel stiegen die Mitfahrer aus. Ich schwieg nach innen. Hatte mich die Vorhersage getäuscht? Würde es also nichts werden mit der Vollmondnacht?

Auf dem Kulm angelangt, fand ich Trost im Gespräch. Die Nebelwand werde sich senken, da sei sie sicher, meinte die Hôtellière. Ich las für sie etwas aus dem Buch, das ich eingesteckt hatte: Jean Grenier, *Die Inseln und andere Texte*. Darin ist die Rede von Einsamkeit und von verlorenen Tagen. Würde die Nacht eine verlorene werden? Ich ass, trank, zog mich zurück und schlief ein.

Später erwachte ich. Ins Zimmer drang die helle Nacht. Ich ging zum Fenster. Der noch fast volle Mond stand gross am Himmel. Er bestrahlte die Berge mit dem Abglanz des Sonnenlichts, so dass sie zu leuchten schienen. Wie matte mächtige Kristalle türmten sie sich auf. Der Schein des Mondes baute aus der Landschaft eine Kulisse, vor der sich besondere Fragen stellten. Es waren die grossen Fragen des Lebens: Wer bin ich und was ist der Sinn des Daseins? Ist es besser zu sein, als nicht zu sein? Woher komme ich, wohin gehe ich? Wer aber eine solche vom Mond erhellte Nacht erlebt, schweigt lieber und lässt die Fragen offen. Sie werden vom Schauspiel beantwortet. Wie beglückend war es, dies zu erleben.

Der Seidendunst, den der Mond über die kristallenen Zacken und über die Täler rund um den Berg legte, umspielte wie ein wunderbarer, nachhaltiger Widerschein meine Seele. Wie sollte ich jetzt schlafen können, in dieser einmaligen, schauspielenden Nacht? Ich legte mich hin, aber immer wieder zog es mich ans Fenster. Ich öffnete einen Flügel. Ein Strom kalter Luft trieb mich zurück unter die Decke. Mit einem Schauer auf der Brust schlief ich endlich ein.

Ich erwachte in der Frühe des Morgens. Es war noch dunkel. Der Mond war untergetaucht. Ein Wind brauste um das Hotel. Flocken trafen auf das Fenster. Die Wolken hingen dicht am Berg. Einmal, das gelobte ich mir, würde ich den Sonnenaufgang im Winter erleben und ich wusste, dass er über der verschneiten Landschaft und in der Kälte des blauen Himmels noch prächtiger werden würde als in der grünen Jahreszeit.

II.

Der Wecker glöckelte, ich zog mich an, verliess das Hotel und wanderte gelassen die kurze steile Strecke auf den Gipfel der Rigi. Ein dünner Lichtstreifen des Mondes leuchtete über dem Jura. Mir eilte es nicht. Es würde noch eine halbe Stunde dauern, bis die Sonne aufging. Über dem Staffel lichterten schwankende Funken. Auf dem Aufstieg waren Gäste des Hotels und Wanderer von weiter unten unterwegs. Stumm warteten schon einige Menschen, verhüllt in Mäntel und Kappen. In der Leere des unendlichen Himmels flimmerten Sterne. Zeit und Raum haben keinen Anfang und kein Ende. Der Himmel ist Millionen Lichtjahre tief. Es gibt nur Grenzen in ihm selbst, und die empfindlichsten liegen auf unserer Erde. Schweigend und ehrfürchtig verliert sich mein Auge im unendlichen Sternenmeer.

Bald zeigte sich ein Schimmer von Licht hinter der Bergkette, die wie die Linie eines riesigen Scherenschnitts wirkte. Schattenhalb stand das Gebirge wie eine schwarze Wand vor mir. Im gezackten, gezähnten und gekerbten Horizont tauchten die Konturen von Säntis, Glärnisch, Uri Rotstock und Titlis auf, dazwischen die kleineren Berge. Der Sonnenaufgang würde eindrücklich werden.

Während es ganz langsam heller wurde, lag ein feiner Dunst über dem westlichen Mittelland. Feierlich meine Stimmung. Meditierend ging ich auf dem breiten Gipfel auf und ab, hin und her über die Wiese. Hinter den Bergrücken, noch verborgen, zauberte die Sonne erste rötliche Lichtspuren ans Firmament, die sich über dem Jura bereits wie ein schwacher Abglanz spiegelten. Behutsam schlich die Dämmerung in die dunklen Täler. Die Gipfel entfernten sich, die Landschaft erschien tiefer, war plötzlich kein Scherenschnitt mehr. Die Berge und Täler flohen perspektivisch und schoben die Gebirge in die Ferne. Die Seen, der Rigi zu Füssen, lagen matt und bleiern da.

Menschenland: Entlang den Dorfstrassen reihten sich verblassende Perlenketten von Strassenlaternen auf. Ein sehr leises Rauschen summte von der Autobahn über die Berglehnen zum Gipfel hoch. Ein kalter Wind pfiff um die Ohren. Ich zog die Mütze bis auf die Augen hinab. Ein Flugzeug stach himmelwärts und erzeugte lange Kondensstreifen. Die Täler hellten sich auf, doch noch lagen sie im Schatten.

Mit einer steigenden Spannung wartete ich auf die Sonne, die sich nun kräftiger ankündigte, als sie Strahlen über der Gebirgskette schickte. Schon malte sie einen rötlichen Schimmer auf die wenigen Wolkenstreifen über den Gipfeln. Vom tiefen Rot wechselte das Licht langsam in einen hellen, gelblichen Schein. An den Spitzen und Zacken der Berner Majestäten blitzten erste Funken auf. Sie breiteten sich rasch zu einem leuchtenden Band aus, das schneller als erwartet über die steinernen Flanken fiel. Schon erreichte das Sonnenlicht auch die in der Nähe liegenden Dreitausender. Dann war es soweit. Am Rand des Glärnisch tauchte die gleissende Sonne auf. Ich hielt die fingergefächerte Hand vor die Augen und blinzelte ins stechende Licht.

Niemand braucht sich zu wundern, dass die Kulturen des Altertums die Sonne als einen Gott verehrten. Die Griechen nannten den ihren Helios, den Feuerglänzenden, dessen Strahlen die Augen verderben. In der Sage erzählten sie von Phaëton, dem Sohn eines Titans, der in seiner Hybris versuchte, den Sonnenwagen mit den fünf feurigen Pferden zu lenken. Er peitsche sie vorwärts. In rasender Fahrt aber entglitten sie ihm. Ein Helios lässt sich vom Menschen nicht lenken und zähmen.

Schon bald stieg die Sonne höher, begann ihre vorgeschriebene Bahn und spendete angenehme Wärme. Die Menschen auf dem Berg lockerten die Mützen. Das Licht beleuchtete die Täler nun mit Sonnen- und Schattenseiten. Ich suchte die Landschaft ab. Über welche Pässe führen die Strassen? Einige enden in Tälern, im Maderaner- und im Engelbergertal, wo die Wege an steile Felswände stossen. Die Leute sagen, es ist das «End der Welt».

Von den taunassen Wiesen tief unter dem Kulm drang ein Bimmeln zum Gipfel hinauf. Die erwachten Kühe weideten und das vielstimmige Glockengeläut kündete einen heiteren Tag an.

Flächen von sattem Grün begannen am Berg zu leuchten. An steilen Felsenbändern brannte ein rötlicher Schimmer. Es würde ein heisser Tag werden. Die Kraft der Landschaft liess die Wünsche verstummen. Die Leere der Nacht war getilgt. Es braucht diese Leere, damit gegenläufig das Leben reich wird. Arm ist der Mensch, den eine Überfülle von Wünschen plagt.

Was war es aber, das mich beim Aufgang der Sonne glücklich machte? Ich verlor mich für einen Moment im gewaltigen Naturschauspiel. Der Rhythmus meines Lebens war unterbrochen. Es war nicht ein Nutzen, den ich mit dem Anschauen des Bilds bezweckte, so wie ich einen solchen auch nicht beim Lesen eines Gedichts oder beim Betrachten eines Kunstwerks suche. Die Frage, was es nützte, auf diesem Berg zu stehen, stellte sich einfach nicht. Ich war für einen langen Augenblick herausgetreten aus der Tretmühle des Alltags mit seinen Umtrieben. Das war es, was das Glück ausmachte; das war mein Glück.

Hämmli · Äbbeeri · Schträäl

«Erschrecklich tief unter mir, die schroffen und senkrechten Felsen herab, liegt die braune Nacht auf den stillen Seen, wo keine Welle ans Ufer schlägt; weit und breit über die Erde her ziehen Heere von Nebelwolken, weißgraulicht chaotisch und unförmlich, wie die tausendköpfige Mutter Nacht in Person, schwanger von unendlichem unreifen Leben.»

Wilhelm Heinse

Der Schriftsteller, Gelehrte und Bibliothekar Wilhelm Heinse wanderte im Sommer 1780 meist zu Fuss nach Italien, wobei er am 25. / 26. August auf die Rigi ging. Er berichtet davon in seinen Tagebüchern, hier zitiert nach Hans Koch, *Rigi,* Kalt-Zehnder, Zug 1955

Pilatus versus Rigi

Peter von Matt

Jeder kennt den Berg, und keiner kennt ihn ganz. Denn in Wahrheit ist er ein mächtiger Gebirgszug, der sich mit Graten und Senkungen, mit ausgreifenden Nebenrücken und bald steilen, bald gestuften Flanken weit dahinzieht, felsengrau, waldschwarz und wiesengrün. Was allen vertraut ist und gern für das Ganze genommen wird, ist die klippenschroffe Front nach Nordosten. Sie ragt über der Stadt Luzern in den Himmel, gefährlich und abweisend. Die Kontur erinnert an den gezackten Buckelrücken eines Sauriers und steht in einem auffallenden Kontrast zur sanften Horizontlinie des berühmten Gegenübers, der Rigi. Während der Pilatus, von Luzern aus gesehen, wild und lotrecht auffährt, liegt die Rigi kamelfromm da. Man kann allerdings hier wie dort zu Tode stürzen.

Der Unterschied zwischen den zwei profilierten Bergen wurde früh bemerkt und eine Zeitlang auch zugunsten der Rigi ausgelegt. So nennt im Jahre 1811 der Publizist Joseph Businger in seinem

Buch *Die Stadt Luzern und ihre Umgebungen* die Rigi eine «reizende Schöpfung», und zwar ausdrücklich «im Gegensatz des gegenüberstehenden nackten, zerrissenen Pilatus». Der «Rigiberg» sei «gerade so, wie man sich alle Gebirge der Alpenwelt gerne wünschen möchte». Diese Aussage ist aufschlussreich. Sie zeigt, dass man in den ersten Jahrzehnten des Alpentourismus noch keineswegs den direkten Kontakt mit dem Hochgebirge suchte, sondern eher die lieblichen Landschaften und die Orte, von denen aus man ungefährdet und hinter langen Fernrohren in die wirklich wilden Zonen blicken konnte. Businger macht allerdings auch sofort klar, dass für die wissenschaftliche Erkundung der Gebirgswelt, also das, was man heute «die Entdeckung der Alpen» nennt, der Pilatus stets die unvergleichlich wichtigere Rolle spielte: «So ausgebreitet heute der Ruf und so allgemein der Besuch des Rigi ist, so gross und noch berühmter war einst der Namen des Pilatusbergs; indem kaum ein Hochgebirge der Schweiz so viel beschrieben und so oft bereiset worden ist, als dieser Felskoloss.»

Wenn die Rigi also um 1800 das Touristenziel schlechthin war, was war dann damals der Pilatus? Er stellte, knapp gesagt, die Verkörperung der ganzen Gebirgswelt dar. Die Rigi war das Sofa, von dem aus man die gefährlichen Riesen betrachtete; der Pilatus aber war der erste dieser Riesen selbst. Deshalb hat sich um den Pilatus stets alle Furcht und alle Faszination, aller Schrecken und alle Begeisterung, die die Gebirgswelt in den Menschen auslösen kann, verdichtet. Um es mit zwei kunsttheoretischen Schlüsselbegriffen des 18. Jahrhunderts zu sagen: Die Rigi war schön, der Pilatus war erhaben. Drachen hausten in seinen Schluchten und Spalten. Gelegentlich sah man von Luzern aus, wenn die Sonne schon untergegangen war, einen Lindwurm hinüberfliegen zur Rigi, gleissend im letzten Licht und einen zischenden Feuerschweif hinter sich herziehend. Ein Ort der Geister und Dämonen war der Pilatus, ein Gegenstand alles dessen, was wir heute Aberglauben nennen. Gerade deshalb aber wurde er auch zum Ort der systematischen Widerlegung von Mythen und Märchen, zum Ort der Wissenschaft. Wenn wir die Wissenschaften insgesamt als den jahrhundertelangen Prozess der menschlichen Selbstbefreiung von Glaubensängsten aller Art bezeichnen dürfen, dann kommt dem Pilatus in diesem Prozess eine einzigartige Rolle zu, eine Rolle mit dramatischen Einschlüssen.

«Vor dem Aufbruch legte man uns ein großes Buch auf den Tisch, wo jeder Reisende seinen Namen einschreiben kann, worunter auch der schöne Namenszug des Kaisers Alexanders von Rußland stund, welcher ein Jahr vorher diesen Olimp bestiegen hatte und mit eigener Hand dessen hohen Namen einschrieb. Ich fügte mich nun auch nach diesem Brauch und schrieb folgendes hienein: ‹Neugieriger Wanderer, der du diese höhere Region besteigst, fühle die Größe der uns Sterblichen unbegreiflichen Gottheith – denn hier offenbahret sich die Herrlichkeit Gottes!›»

Heinrich Bachthaler

Der Bäckermeister Heinrich Bachthaler aus Kempten im Allgäu suchte 1819 auf der Rigi Abwechslung von seinem schweren Alltag. Zitiert nach Hans Koch, *Rigi,* Kalt-Zehnder, Zug 1955

Rigi Regina

Isolde Kurz

Eines schönen Sommertages wurde mir die beglückende Eröffnung gemacht, dass ich in der Vakanz mit Edgar, der jetzt ein ganz grünes Studentlein war, den Rigi besteigen dürfe. Ich war zwar dank meinem Zusammenlernen mit Lili in der Geographie so schwach geblieben, dass ich nicht einmal genau wusste, wo dieser Berg zu suchen sei, allein durch die Worte Rigi Regina, die ich in irgendeinem Gedicht gelesen hatte, war er zu einem Berg der Wunder geworden. Ich erschrak jedoch bis ins Herz, als es sich enthüllte, dass mir noch ein anderer Begleiter zugedacht war, ein reiferer Mann, dessen Werbung um die kaum Erwachsene zwar dem Mutterstolz schmeichelte, aber bei der Tochter auf entschiedene Abwehr stiess. Er sollte uns zwei Weltunerfahrenen als Mentor dienen und dabei die Gelegenheit wahrnehmen, sich von seiner günstigsten Seite zu zeigen. Ich begriff aber gleich, dass die gemeinsame Schweizerreise nur als Vorspiel einer längeren, lebenslangen, gedacht sei, und war sofort bereit, unter diesen Bedingungen zu verzichten, so hart es mich ankam, die schon sehnlich ausgebreiteten Flügel wieder zusammenzufalten. Ein Sturm brach los, der erste ganz schwere, den ich mit meiner Mutter zu bestehen hatte, und solche Stürme waren keine Kleinigkeit; aber ich blieb fest, und die Arme musste mit Schmerzen das ganze Gewebe wieder aufdröseln. Mich zur Strafe um die Reise zu bringen, vermochte sie schliesslich doch nicht, also liess sie mich nach ein paar durchweinten Tagen allein mit dem Bruder in die mit doppelt freudigem Aufatmen begrüsste Freiheit ziehen. Dass ich mir das Reisegeld durch meine Übersetzungen selbst erschrieben hatte, vermehrte das Hochgefühl. Rigi Regina!

[...] Sobald wir in der Bahn sassen, begann die Not. Ich hatte einige Zeit das Englische getrieben und war so weit, dass ich mich unbefangen in dieser Sprache ausdrücken konnte. Das fiel nun mit einem Mal meinem brüderlichen Beschützer schwer auf die Seele. Er meinte, sämtliche in der Schweiz reisenden Söhne Albions warteten nur auf seine Schwester, um sich ihr in den Weg zu stellen, und da er diese Nation nicht liebte, verlangte er im voraus ein bindendes Versprechen, dass ich mit keinem Engländer ein Wort reden würde. Ich sagte, ich hätte gehört, dass Engländer auf der Reise niemals Unbekannte ansprechen, aber das genügte ihm nicht, er bestand auf einem Ehrenwort, das ich zu seinem bitteren Schmerz verweigerte. So vergällten wir uns die erste Reisestunde mit dem ersten Zank.

Einige mitreisende Herren, die das blutjunge Pärchen beobachteten, begannen nun mir überflüssige kleine Aufmerksamkeiten zu erweisen, die Edgar schroff ablehnte, weil er selbst seiner Ritterpflicht genügte. Das trieb die andern zu vermehrter Beflissenheit, und als er sich einmal der Fahrscheine wegen aus dem Abteil entfernen musste, machten sich jene mit Neckereien ob des eifersüchtigen jungen Herrn an mich heran. Ich antwortete mit so viel Würde, als meine Backfischjahre erschwingen konnten, dieser junge Herr sei mein Bruder. Die aber lachten noch anzüglicher und meinten, solche Brüder kenne man schon. Nun war das Aufgebrachtsein an mir, und als wir allein weiterfuhren, machte ich dem schon zuvor Verstimmten Vorstellungen über sein Betragen. Daraus entspann sich der zweite Zank, der so bitter wurde, dass das eine rechts, das andere links zum Fenster hinausblickte, ohne die Landschaft in sich aufzunehmen, denn beiden frass die vermeintlich erlittene Unbill am Herzen. Und so ging es immer weiter. Luzern, der Vierwaldstättersee mit Axenstein und Tellsplatte, das ganze Seenpanorama auf Hin- und Rückfahrt huschte nur wie ein Schattenspiel vorüber. Dann begannen wir zu Fusse den Rigi zu erklimmen, denn die Benützung der Bergbahn erschien uns als etwas unwürdig Weichliches. Aus halber Höhe liess ich mir jedoch von einem zurückkehrenden Treiber ein Pferd aufreden, mehr aus Reitlust, als um mir den Weg zu ersparen; Edgar, der mit seinem zarten und zähen Körperbau ein unermüdlicher Fussgänger war, ging nebenher. Bei sinkender Dunkelheit kamen wir auf dem lichterstrahlenden Kulm an, der mir wie ein Feenschloss in der Bergeinsamkeit erschien. Ich weiss nicht, für wen man uns dort ansah. Man gab uns prunkvolle Zimmer, gross wie Säle und strotzend von Samt und Gold. Natürlich gefiel es uns da recht gut, und nach dem Preise zu fragen, hielten wir für krämerhaft. Das Abendessen liess gleichfalls nichts zu wünschen übrig, das schönste aber war doch der Vorgenuss des kommenden Tages. Rigi Regina, wie hast du uns betrogen! Um vier Uhr weckte uns freilich das Alphorn, und wir eilten, hastig in Tücher gewickelt, mit anderen bleichen Schemen nach einer Plattform, um die Majestät der Sonne zu grüssen und die Reiche der Welt zu unseren Füssen zu sehen. Aber da gab es nichts als ein graues wallendes Nebelmeer. Die Erde schien noch gar nicht aus dem Chaos geboren, und schaudernd schlichen wir in unsere Betten zurück.

Da es nach dem Frühstück noch nicht besser war, verlor Edgar die Geduld, und es hiess aufbrechen. Ich packte meine Sächelchen zusammen, um sie in seine Reisetasche zu legen, da fand ich ihn eben im Begriff ein prächtiges blaues Samtkissen mit reicher Goldstickerei zum Fenster hinauszuwerfen, das auf einen grasigen Abhang ging. Nach dem Grunde dieser Tätigkeit befragt, reichte er mir nur stumm die Rechnung. Diese übertraf alle meine Befürchtungen: die eine Nacht hatte fast den ganzen Rest des Reisegelds verschlungen.

Nur noch den silbernen Leuchter, sagte er, dann sind wir quitt. – Ich sah ihn stürzen, sinken, damit war das Gleichgewicht hergestellt, und wir schritten stolz hinaus.

Inzwischen begann die Sonne doch noch Meister zu werden, und aussen im Freien stand eine Gesellschaft von angelsächsischem Ansehen beisammen, die mit ihren Gläsern nach auftauchenden Bergspitzen fischte. Und wie bestellt, um Edgars Missmut zum Kochen zu bringen, trat einer der Herren aus der Gruppe heraus und bot mir in englischer Sprache sein Fernglas an, weil eben die Berner Alpen aus dem Nebel träten; ich selber besass nämlich keines. Bevor ich aber danach greifen oder Dank sagen konnte, hatte mich mein erzürnter Gefährte gewaltsam weggerissen und lief, mich an der Hand nachziehend, wie eine Dampfmaschine bergab. Natürlich kam nun bei mir die Milch der frommen Denkart wieder stark ins Gären, denn ich stellte mir das Lachen der Zurückgebliebenen vor. Ihm aber sassen neben der Anglophobie vermutlich auch noch die weggeworfenen Kostbarkeiten auf den Fersen, dass er so eilte. Der Wunderanblick, der sich aus dem Nebel rang, führte dann wieder die Versöhnung herbei. Aber nicht auf lange. Denn schon sehe ich die beiden Kindsköpfe wieder, wie sie aufs neue beleidigt und stumm den langen Weg durch den Strassenstaub der Ebene pilgern, er hüben und sie drüben.

Veröffentlicht 1918

«Au sommet du Righi, il n'y a que trois choses: une auberge, un observatoire fait de quelques planches clouées sur quelques solives, et une croix. C'est tout ce qu'il faut; l'estomac, l'œil et l'âme ont un triple besoin. Il est satisfait.

L'auberge s'appelle l'*hôtel du Rigi-Kulm* et m'a paru suffisante. La croix est suffisante aussi; elle est de bois, avec cette date: 1838. [...]

Sur des sommets comme le Rigi-Kulm, il faut regarder, mais il ne faut plus peindre. Est-ce beau ou est-ce horrible ? Je ne sais vraiment. C'est horrible et c'est beau tout à la fois. Ce ne sont plus des paysages, ce sont des aspects monstrueux. L'horizon est invraisemblable, la perspective est impossible; c'est un chaos d'exagérations absurdes et d'amoindrissements effrayants.»

Victor Hugo

Victor Hugo, Frankreichs beliebtester Schriftsteller der Romantik, berichtete in *En voyage, Alpes et Pyrénées* (1839) von seinem Besuch auf dem Gipfel.

Bänne · Cheschtene · Faarä

Brummbär auf dem königlichen Kulminationspunkt

John Wolf Brennan

Lassen Sie sich einen Bären aufbinden? – Die Brummbär-Kolumne des Autors ist seit vielen Jahren beliebt. Hier erscheint erstmals eine (spezielle) Folge (in einem Buch).

Brummbär liebt die Berge – ob sie als sanfte Hügel ihre Wellen ziehen wie im Appenzell oder im Jura, oder ob sie schroff ihre Zacken in den Himmel strecken wie im Wallis oder im Brummbärner Oberland. Die Königin der Berge aber ist einmalig.[1] Sie dehnt und streckt ihre Glieder am Voralpenkamm über ein hoheitliches Inselgebiet von 100 Quadratkilometern aus.

Es gehört zu den ganz grossen Privilegien der Seegemeindebewohner, an ihren Flanken wohnen zu dürfen, im Herbst und Winter in Rekordzeit dem Nebeldeckel und der Feinstaubkonzentration entfliehen zu können, auf der Panoramaloipe der grossen Wegscheide(gg) entgegenzusausen und vom Rotstock auf schnellen Brettern durchs

Wölfertschentäli eine stiebende Schneise in den Schnee zu schneiden.

Brummbär ist überzeugter Republikaner – auch ohne Gersauer Heimatschein[2], aber wenn es um die Königin der Berge geht, wechselt er mit fliegenden Fahnen zu den Monarchisten und wird bekennender Hofberichterstatter am königlichen Hof. Jahrein, jahraus erkundigt Brummbär gehduldig die vielen Wege – die alten, halb verschollenen ebenso wie die neuen, gepflegten – an den Flanken, Lehnen, Bändern und Rücken unserer Monarchin.

Brummbärs Lieblingsplatz ist die Kulm-Terrasse: *Sitting on top of the world!* Hier wird man selbst zum Fern-Seher und findet plötzlich einen kulminanten Überblick über den Nabel der Königin hinaus in die Welt! Endlich kann man in aller Ruhe bei einem Älpler-Kafi darüber highraten[3], weshalb die «Staffel» um einiges höher ist als die «Staffelhöhe», nämlich genau um 54 Meter. Dank Hard-Rock made in China[8] – sozusagen einer touristisch-geo(un)logischen Akupunkturtherapie – ist die Königin um genau so viel gewachsen, dass sie die Messlatte bei 1800 Meter über dem Meeresspiegel berührt. Vom maritimen

Spiegel bis zum royalen Scheitel müsste ein Rigiträger also genau 6000 Fusslängen ablaufen.

Brummbär war schon zu Beginn seiner Musikerlaufbahn ein Auslaufmodell und ist deshalb heute noch gerne zu Fuss unterwegs, auch im Winter. Zwar muss er sich immer gleich vier Schneeschuhe an die Tatzen schnallen, aber dafür kann er den Dossen auch im härtesten Harschschnee mit kräftigem 4x4-Antrieb erklimmen und die berückend mythisch-mystische Aussicht im Vollmondlicht vom Gipfel aus geniessen – eine Gratwanderung auf dem Dach der Innerschweiz.

Brummbär schlägt gerne Purzelbäume auf und ab, vor und zurück, und ab und zu auch mal nach. So hat er im Luzerner Namenbuch «Rigi»[4] über den «Bären-Zingel» nachgeforscht: Es sei ein «Band zwischen zwei Felsen», das nur von einer Seite her erreicht werden kann, wo man also sozusagen umzingelt ist. Der Ausdruck stammt vom lateinischen *cingulum* und bedeutet «Gürtel».

Brummbärs Vorfahren wandelten gerne auf den Spuren dieser Zingel. Davon zeugt nicht zuletzt das zottige Fell von seinem firstlichen Ururururgrossvater, der als Blickfang in der Bärenstube Rigi-First an die Wand genagelt wurde –

mit der träfen Legende, er sei daselbst «den 14ten Aprilis A.d. 1642 an der nideren flu uff der First von Lanntlüten geleidt» worden, also vor genau 374 Jahren. Anders gerechnet: 351 Jahre nach Tells Apfelschuss und dem heldenhaften Tyrannenmord in der Hohlen Gasse. Über unsere wilhelminische Vergangenheit liefern sich Historiker und die SVP epische Deutungsschlachten. Das hysterisch-historische Dilemma auf den Kulminationspunkt gebracht hat der Wiener Schriftsteller Hans Weigel: «Ob Wilhelm Tell gelebt hat, weiss man nicht; aber dass er den Landvogt Gessler erschossen hat, steht fest.»

Und jetzt wird's echt spannend! Bergthriller gibt es nämlich nicht erst seit dem «Tatort». Oder seitdem Sherlock Holmes 1893 in Meiringen beim gnadenlosen Kampf mit dem Erzfeind Moriarty in die reissenden Fluten des Reichenbachfalls stürzte oder James Bond 1969 «im Dienste ihrer Majestät» schwindelerregend auf der Schilthorn-Seilbahnkabine herumturnte. Bereits um 1600 hat der Luzerner Chronist Renward Cysat folgende markerschütternde Begebenheit notiert:

«Vor Zytten zwüschen den Artern vnd Weggissern von diß Bärenzingels wegen vil Spans gwesen, jedoch durch erkießte Sätz beider Theilen diese Allp den Arthern zuogesprochen worden, hatt sich vor Zyten begeben, das den Weggissern jn dieser jrer Allp von Gespenst, so daselbst jn der Höhe vnd vmb die Allp jm Bärenzingel bis hinab jn jre eigne Allp jm Langen Moß vmgeschweibet vnd ettwan gesehen worden an jrem Vych vil Schadens beschehen.»

Dies ist doch eine ziemlich abenteuerliche Geschichte für die Königin der Berge, oder? Was die Bergin wohl alles in ihren femininen Flanken, Grubisbalmen, Pospalten und Hautfalten an intriganten Geheimnissen und Wohlstandsspeckulationen versteckt hält? Immerhin kann sie seit der Eröffnung des Botta-Bads auch endlich standesgemäss Hof halten und ihre Toilette pflegen, CO_2-neutral, mit bester Aussicht aufs Alpenpanorama und erst noch trockenen Fusses, ganz ohne Furcht vor Gespenstern – es sei denn, das Well Ness sei die unheimliche Cousine des Loch Ness vom Hertensteiner Loch-Hof[5]. Sichtungen eines Seeungeheuers im Well Ness sind bisher ausgeblieben, aber wer weiss, was sich dahinter noch alles verbirgt? Die Sherlock'sche Spürnase ist auch hier gefordert. Der nächste Tatort: «Mord im Bottabad!»

Allerdings hätte der Lift ein bisschen mehr königliches Gemach-Ambiente verdient, denn gegenwärtig ist er so eng wie eine Tschumi-Parklücke[6]. Da sucht Brummbär doch lieber das Weite, spurtet den Bahngeleisen entlang hinunter zum Romiti und zur Grubisbalm, über die Schnurtobelbrücke, Teufibalm und Reckholderwilen entlang dem Speuzibach hinunter zum See und badet bei seinem Lieblingsbadeplätzli, dem steinernen Elefanten. Der wacht über dem elefantösen Badespass, ganz ohne Eintritt und Garderobenkästli: Wellness der unsimulierten Welt, in realem 3D, mit berührungsempfindlicher Wassertemperatur und garantiertem Gänsehauteffekt – und erst noch hundertprozentig biologisch abbaubar. Und das Wasser muss nicht erst tausend Höhenmeter hinaufgepumpt werden.

Zurück zum fulminanten Kulminationspunkt: Ging die *Missio* früher von den Kirchtürmen aus (Vati kann, Mutti auch ...), so strahlt das königliche Sendungsbewusstsein heute vom 90 Meter hohen Swisscom-Mast in alle Welt. Gott hockt in der iCloud. Die flinken Finger des Fussvolkes zählen nicht mehr die 59 Rosenkranzperlen, sondern wischen endlos gebetsmühlenartig über Bildschirme und fotografieren sich beim Fotografieren der Fotografierer mit Selfie-Sticks – ganz ohne das metaphysische Gruseln, welches Mani Matters Coiffeurbesucher[7] noch beschlich.

Eine Teleportation der digitalen Art. Die Triangulation der eigenen Mitte. Zeitgleich im Handy auf dem Emei zu bestaunen. Rigemei. Emeirig.[8] Vielbeklatschter Ratsch(ab)klatsch im globalen Dorf des rasenden Stillstands. Luegid vo Digi-Bärgen und Digi-Tal.

1 Die Rigi ist weiblich – nur die *Küss-Nach-ter* (am Rigi) haben das noch nicht gemerkt …

2 Gersau war bis zum Jahre 1817 eine eigene freie Republik.

3 A propos *high-raten*: am 28. Mai 2016 fand das *High-rats*-Fest des Autors mit Regula Hasler im Rigi Kulm-Hotel statt.

4 Erika Waser (Hrsg.): Luzerner Namenbuch 2, Rigi. Die Orts- und Flurnamen der Luzerner Rigigemeinden. Gamma Verlag, Altdorf 2009.

5 Bauernhof in Hertenstein/Weggis.

6 Tschumi: Migros-Einkaufszentrum in Weggis.

7 Vgl. Mani Matter: «Bim Coiffeur».

8 Für die Partnerschaft der Rigi mit dem chinesischen Berg Emei fand 2014 ein Steintausch für die Gipfel statt: Basalt gegen Nagelfluh, jeweils 3 Tonnen schwer.

Berg des Erinnerns

Anton Rotzetter

Berg der Berge,
Königin aller Gipfel,
mit reichem Faltenwurf
und vielen Gesichtern,
du besingst die Schönheit der Schöpfung,
das Höchste, das Tiefste,
das Erste, das Letzte,
die Quelle, das Ziel,
Zeit und Ewigkeit,
das Gestern, Heute und Morgen.

Du zeigst
den Aufstand der Sonne
gegen die Nacht,
den Glanz der Sterne
gegen die Sinnlosigkeit,
den launigen Weg des Mondes
gegen das Festgefahrene
und selbst im Nebel noch
die Ahnung des Hohen und Erhabenen.

Du,
Inbegriff aller Höhen seit Urbeginn,
Gedächtnis der Menschheit,

du erinnerst den Olymp,
die sieben Wohnungen der Himmlischen,
die Grenze
zwischen unten und oben,
zwischen hier und dort,
zwischen irdisch und göttlich,
das Allzumenschliche der Götter,
das Allzugöttliche der Menschen.

Du erinnerst den Hügel bei Jerusalem,
den Tempelberg,
den Zankapfel der Religionen,
den Starrsinn der Frommen,
den Ort, an dem Gott die Erde knetete
und der Erdling Mensch zu atmen begann
und die Augen aufschlug.
Den Gott, der sich in Beziehung setzt
und nur Da-Sein will.

Du erinnerst den Ararat,
die vergangene Sintflut,
die Arche,

die geretteten Wesen:
Gräser und Blüten,
Adler und Lerche,
Reh und Wolf,
Frau und Mann,
das jubelnde Leben.

Du erinnerst die steinernen Tafeln,
den Sinai,
die zehn Angebote zum Leben,
die Weisung durch die Nacht,
die Berührung des Unberührbaren,
das Tasten der Augen,
das Jenseits im Diesseits
und die Heiligkeit des Namens.

Du erinnerst das weisse Licht,
den Berg Tabor,
das überflutende, durchsichtige Licht,
das Bedürfnis,
in der Nähe der Liebe zu wohnen
und Zelte zu bauen für das Leben.
Den Augenblick,
in dem alles Gegenwart ist,
der das Vergangene heimholt,
das Zukünftige vorwegnimmt

und in dem die ganze Welt
ein Zuhause ist.

Du erinnerst Golgotha,
den Ort, an dem der Vorhang zerriss
und das Geheimnis Gottes zugänglich wurde
für jede und jeden,
ohne Vermittler und mediale Kräfte.
Den Menschen,
    der sich für bedingungslose Liebe öffnet
    und allen vergibt, die nicht wissen,
    was sie tun.
Das Zeichen,
an dem sich auch Verzweifelte, Gescheiterte
finden und aufrichten können.

Du erinnerst den Berg der Glückseligen,
die Weinenden, die lachen,
die Armen, die genügend Brot haben,
die Gewaltlosen, die den Frieden erringen,
die Herzen, die Gott schauen,
die Sehnenden, die Erfüllung finden,
die Liebenden, die nicht allein bleiben.

Rigi, du Berg der vielen Gesichter,
Königin des Herzens.

Chrattä · Harrassä · Riitiseili

Sägeze · Bütschgi · Hampeissi

«Das ist Euer Sonnenaufgang auf dem Rigi, he?« sagte ich und legte mich wieder schlafen. Das Beste, was ich auf dem Kulm sah, war die Bekanntmachung an den Thüren der Schlafzimmer, des Inhalts, dass, wofern die Frauen, wenn sie hinausgingen, um die Sonne aufgehen zu sehen, die Bettdecken als Shawls umbänden, sie das Waschgeld bezahlen müssten. Mein Wort darauf, der Rigi ist ein grandioser Schwindel!»

Henry Wadsworth Longfellow

In seinem Roman *Hyperion* von 1839 lässt H. Wadsworth Longfellow den jungen Amerikaner Paul Flemming durch Deutschland und die Schweiz reisen. Hier aus: A. Strodtmann (Hg.), *Amerikanische Anthologie*, Verlag des Bibliographischen Instituts, Leipzig 1870.

Die Yankeedoodlefahrt

Otto Julius Bierbaum

VIII. Von Eierkuchen und Sonnenuntergängen; von ordentlich und schief gewickelten Menschen; von allerhand Karawansen.

Von Malta nach Alexandrien ist es sehr weit: sechs Eierkuchen weit. Ich habe mich daran gewöhnt, zu jedem ersten Frühstück zwei Eierkuchen zu essen, und zwischen Malta und Alexandrien liegen drei Frühstücke.

Diese Eierkuchen sind so gut, dass ich den Küchenchef um das Rezept gebeten habe. Es ist aber gar nicht schwer, sie zu backen: man muss es nur können. Das Rezept ist nicht die Hauptsache. Natürlich. Sonst könnte man ja auch dichten, wenn man eine Poetik gekauft hat.

Ich hätte die Entfernung zwischen Malta und Alexandrien auch in Sonnenuntergängen angeben können, denn die waren gewiss eben so schön wie die Eierkuchen, aber ich habe sie leider nicht so ungestört geniessen können, wie diese. Beim Frühstück war ich nämlich immer mit meiner Frau allein, denn ich halte auch auf dem Schiffe streng darauf, der letzte beim Aufstehen zu sein; aber die Sonnenuntergänge vollzogen sich stets vor einem grossen Publikum. Begreiflicherweise. Denn ein Sonnenuntergang ist ein poetisches Ereignis. Tausende von Dichtern haben es unzähligemal des bestimmtesten versichert, und viele von ihnen haben goldene Worte dafür gefunden. Aber ich wette meinen indischen Lordshut gegen eine Yankeedoodlemütze: sie waren immer allein (oder zu zweit mit ihrer Geliebten, oder ihrer Frau oder einem Freund), wenn sich die Transsubstanziation des Sonnengoldes in poetisches Gold vollzog. Hätten sie das Phänomen zwischen Yankeedoodlern geniessen müssen, so würden sie, wenn Apollo sie nicht mit gnädiger Taubheit geschlagen hätte, zu viel Poetisches über den Vorgang vernommen haben, als dass sie selber Poetisches hätten empfinden können.

Ich wurde einmal im Morgengrauen aus dem Bette gerissen, weil ich auf Rigikulm den Aufgang der Sonne bewundern sollte, der im Bädeker zwei Sterne hat. Nun gut: ich liess mich reissen, denn ich war damals verlobt, und meine Braut riss mit, – zwar nicht physisch, aber kraft jener Suggestivgewalt, die auch einen prinzipiellen Langschläfer zum Bruch mit seinen Grundsätzen zwingt. Was geschah? Die Sonne ging pünktlich und in allen Prächten auf, aber genau in dem Momente, wo sie alle die Firnen vergoldete, die ihr Herr Bädeker vorschreibt, wurde zwanzig Schritte von meinem Standpunkt entfernt ein Schwein geschlachtet. Ich kann nicht sagen, dass ich das erhebende Schauspiel der erwachenden Sonne mit Andacht genossen habe. Das schauerliche Schreien der hingemetzten Kreatur erfüllte mich mit einem derartigen Grausen, dass ich überhaupt nichts sah: nur hörte. – Ganz so schlimm erging es mir bei den Sonnenuntergängen an Bord des Yankeedoodle nicht; ich habe sie immerhin gesehen, und ich darf konstatieren, dass sie sehr schön anzusehen waren. Aber wenn irgend etwas, so erfordert dieses Schauspiel der heiligsten Ruhe, dieses hoheitvolle Verschwinden des Lichts in die Tiefe, die, eben noch glänzend wie bewegtes Gold, plötzlich zu Blei verstockt, eine ebenso vollkommene Stille: die Stille der Andacht. Auf dem Lande verstummen selbst die Vögel mit einem Schlage, wenn die Sonne versunken ist, und es kann geschehen, dass der Beobachter für einen Moment das Gefühl hat, als stände ihm das Herz still.

Denn er erlebt das tiefste Symbol von Tod und Leben. Die Vergnügungsreisenden des Yankee-doodle jedoch, keine Vögel, sondern gebildete Europäer und Amerikaner, verstummten keineswegs und hatten ganz gewiss keine Herzzustände. Sie besuchten das Schauspiel, über dessen Pünktlichkeit sie leider gut orientiert waren, mit der bestimmten Absicht, seinen poetischen Qualitäten nicht bloss mit dem Gemüte, sondern auch mit dem Munde gerecht zu werden, und so liessen sie es nicht an Beifall fehlen. Aber während der Mops, der den Mond anbellt, nur komisch ist, muss der Mensch, der die untergehende Sonne mit beifälligen Bemerkungen wohlwollend kritisiert, als eine durchaus üble und höchst lästige Kreatur bezeichnet werden.

Veröffentlicht 1910

«Near Lucerne Aug 11 1893
Dear Wanda. On top of this Swiss mountain you see this view in this card. It is one of the very finest I every enjoyed. Hundreds of peaks + hills + mountains + glaciers with hundreds of little farms + cottages + lakes in the valleys far below, clouds of every form + color lingering, marching, rising, sinking, forming, fading. Sunshine streaming through their fringes, falling in glowing silver on their domes + swelling bosses + making lovely purple shadows in the hollows. Broad spaces of silvery shimmering spangles on the Lowland lakes. With much love JM»

John Muir

Der amerikanische Gelehrte und Naturforscher John Muir (1838–1914) schrieb auf einer Postkarte des Hotel Schreiber vom Kulm aus an seine Tochter Wanda. Original in der Holt-Atherton Special Collection der University of the Pacific, Stockton, USA.

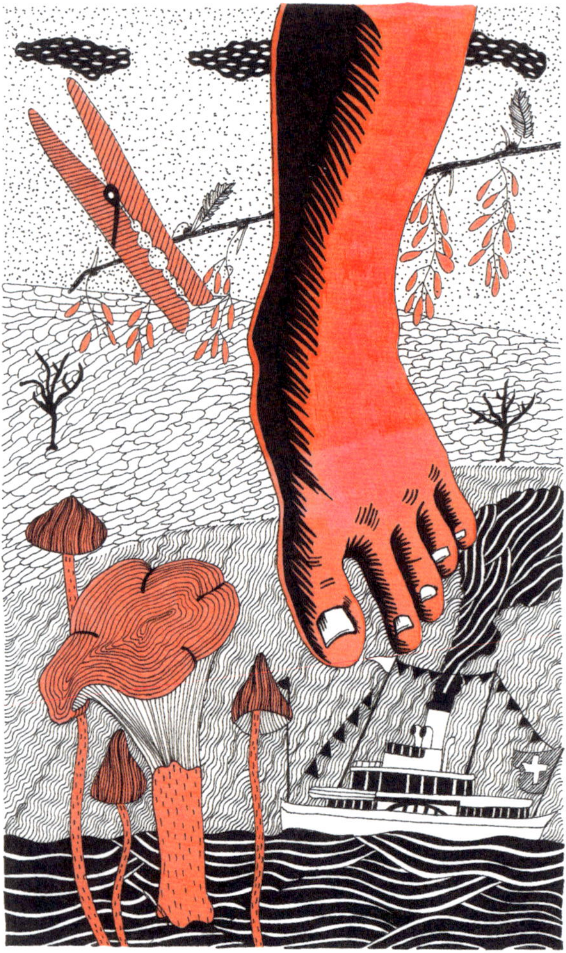

barfuäss · Schwämm · Chlämmerli

Goethe in Gizeh

Annemarie Regez

Wenn ich den Kopf ein wenig verrenke, kann ich die Rigi von meinem Schreibtisch aus sehen. Trotzdem oder besser, gerade darum fällt es mir nicht leicht, über sie zu schreiben. Die räumliche Nähe ist nämlich dafür verantwortlich, dass sich auch in meinem Kopf drin jede Menge Rigi befindet: Die Anfänge des Tourismus mit den einheimischen Sänftenträgern, die Rigi als Station auf der Grand Tour im 19. Jahrhundert, die erste Bergbahn in Europa, die Grand Hotels der Belle Époque, der Niedergang des Tourismus, verursacht durch Weltwirtschaftskrise und Weltkriege, und seine bis heute andauernde erfolgreiche Wiederbelebung, die Alpwirtschaft, die Kühe und die Wanderwege. Alles schon tausendfach beschrieben, alles kein Thema.

Ach so, die berühmten Besucher habe ich noch vergessen: Mark Twain, Gottfried Keller, Karl May. Und Goethe. Natürlich Goethe. Goethe war überall. Goethe ist kein Thema.

Rigi, Rigi, Rigi. Klingt seltsam, wenn man es schnell hintereinander sagt. Alles klingt seltsam, wenn man es schnell hintereinander sagt.

Von Luzern her kommend sieht die Rigi aus wie der Leib einer majestätischen Sphinx. Eine Sphinx allerdings, die nicht nur die Nase, sondern den ganzen Kopf verloren hat. Auch seltsam? Vielleicht.

Sollte man bei dieser voralpinen Gegend nicht als Erstes an den Leib einer Kuh denken? Vielleicht. Nur sind Kühe, so grossartig sie auch sein mögen, nicht majestätisch. Eher knochig. Ausserdem geben Kühe keine Rätsel auf, sondern Milch.

In der griechischen Mythologie terrorisierte die Sphinx die Stadt Theben. Eine Sphinx ist, wie ein Zentaur oder eine Meerjungfrau, ein Mischwesen zwischen Mensch und Tier. Sie hat einen Löwenkörper und einen Menschenkopf.

Die griechische Sphinx sass auf einem Felsen und stellte den Vorbeikommenden ein Rätsel, und wenn sie dieses nicht lösen konnten, wurden sie von ihr verschlungen. Die Sphinx fragte: «Was geht am Morgen auf vier Füssen, am Mittag auf zweien und am Abend auf dreien?»

Niemand wusste eine Antwort, bis eines Tages Ödipus vorbeikam und so nebenbei das Rätsel löste. Er sagte: «Du meinst damit den Menschen. Im metaphorischen Morgen unseres Lebens, als Baby, kriechen wir auf allen vieren, in der Lebensmitte gehen wir auf zwei Füssen und im Alter kommt mit dem Stock das dritte Bein hinzu.» Die besiegte Sphinx stürzte sich verzweifelt in den Tod, und Ödipus übernahm den Thron von Theben, nicht ahnend, dass er damit seinem Schicksal in die Hände arbeitete, weil er auch gewissermassen die Königin erbte, ohne zu wissen, dass es sich um seine Mutter handelte.

Das ist alles ungeheuer lange her, und die Rigi-Sphinx hat keinen Kopf und keinen Mund, womit sie Rätsel stellen und die Gegend terrorisieren könnte. Auch müsste sie sich ein neues Rätsel einfallen lassen, das alte ist seit der Erfindung des Rollators nicht mehr aktuell.

Allerdings gefällt mir jetzt die Vorstellung vom Löwenleib der Rigi, aber ich denke dabei eher an die ägyptische Sphinx von Gizeh. Die liegt auch majestätisch da und gibt einige Rätsel auf. Nur – wenn man sich der Rigi nähert, um sie herum fährt und in Goldau landet, hat sie nichts Sphinxartiges mehr an sich und sieht dafür plötzlich wie eine Pyramide aus.

Die Rigi ist gleichzeitig eine Sphinx und eine Pyramide! Ist das noch niemandem aufgefallen? Gibt es hier eine kosmische – oder wie immer das korrekt heissen mag – Verbindung zum alten Ägypten? Hat ein Bild von einem Alpaufzug nicht Ähnlichkeit mit der ägyptischen Bilderschrift? Sind sie verwandt?

Mindestens so sehr wie Rigi und Regina, denke ich, und mein Kopf fängt an zu surren. Im 19. Jahrhundert waren Molkenkuren der letzte Schrei. Von weit her kamen die Leute angeströmt, um ihre eingebildeten und echten Leiden mit Käsewasser zu kurieren. Hat Kleopatra nicht auch in Eselsmilch gebadet?

Und was war mit diesem Sonnenaufgangskult? Die Hotelgäste auf Rigi-Kulm wurden mit Alphornklängen geweckt, einem Instrument, das der ägyptischen Naturtrompete, Scheneb genannt, sehr ähnlich sieht. Nach dem Wecken begab man sich schlaftrunken auf den Gipfel, um dem Sonnenaufgang zu huldigen. Die alten Ägypter hielten es ähnlich mit ihrem Sonnengott Ra.

Der Sonnenaufgang auf der Rigi muss ein berauschendes Erlebnis sein, wie die Dichtungen der berühmten Sonnenanbeter Karl May, Gottfried Keller und natürlich des ubiquitären Touristen Johann Wolfgang von Goethe zeigen. Wo Goethe und die Pyramiden sind, da sind die Freimaurer nicht weit. Ist die ägyptische Rigi etwa eines der gutgehüteten Geheimnisse der Freimaurer?

Und bis jetzt ist noch niemand darauf gestossen? Es kann doch nicht sein, dass ich ganz allein diese Entdeckung gemacht habe. Die Rigi bedeutet gemeinhin Ausflüge mit Pommes frites und Halbtax, Goethe, immer wieder Goethe, Mark Twain und Wanderfreuden, und niemand sieht das Ägyptische.

Mumien! Mumien, denke ich, starte den Computer, gebe *Rigi* und *Mumie* in die Suchmaschine ein und bin gar nicht erstaunt, dass ich sofort einen Treffer lande: 1983 gab ein so weltberühmter wie fragwürdiger Pseudowissenschaftler einem Männermagazin ein Interview, in welchem er die frohe Erwartung des Fundes von Mumien ausserirdischer Wesen äussert. Er spricht von zwölf Fingern, drei Augen und Rüsselnasen, von Weltfrieden und Befriedigung. Nur von der Rigi kein Wort … – doch halt, in der Fussnote eine Notiz, er habe einst behauptet, sein Sohn sei im berühmten Feuer des Hotels Rigi-Kaltbad verbrannt. Eine kalkulierte Erfindung, wie alles andere.

Ich lese das Ganze noch einmal, es ändert nichts und ich bin ernüchtert. Die Wirklichkeit: Keine zwölffingrige Mumie, weder Rigi-Sphinx noch Pyramide und schon gar nicht Frieden auf Erden, alles Quatsch! Ich sollte mich jetzt daran machen, einen Text über die Rigi zu schreiben ...

Regina

Tony Ettlin

Feiner Nebel stieg aus dem Bühnenuntergrund der Staatsoper im Schillertheater in Berlin. Zu den letzten Takten des *Rheingold* schritten die Götter über den Regenbogen Walhalla entgegen. Die vierstündige Aufführung hatte Viktor aufgewühlt und in eine melancholische Stimmung versetzt. Vor allem diese Schlussszene, zu der Richard Wagner sich auf einer Wanderung vom Rigi-Gespenst inspirieren liess, ergriff ihn mit voller Wucht. – Rigi! Die Erinnerung versetzte ihm einen Stich ins Herz.

«Regina, meine Regina!» seufzte Viktor, und sein Sitznachbar schaute ihn vorwurfsvoll an. Viktor erschrak, richtete sich auf und machte ein entschuldigendes Zeichen. Die Götter verschwanden und Applaus brandete auf. Viktor war einer der ersten an der Garderobe, zog seinen Mantel an und stürmte auf den Vorplatz an der Bismarckstrasse, vorbei an den wartenden Taxis, die Schlüterstrasse hinunter Richtung Kurfürstendamm.

«Regina!» Fast ein Jahr war es her, seit er ihr auf dem Schiff von Luzern nach Vitznau begegnet war. Es war Liebe auf den ersten Blick.

Sie fahre auf die Rigi, hatte sie gesagt. Ob er sie begleiten dürfe, hatte er gefragt. Eigentlich wollte er bis Flüelen weiterfahren und anschliessend mit dem Zug ins Tessin. Aber ihre fröhlichen Augen, ihr helles Lachen, die Art, wie sie sich ihm zuwandte, hatten in ihm eine Abenteuerlust geweckt, die ihn alle Pläne über Bord werfen liess.

«Sehr gerne!» hatte sie geantwortet und ihm ein strahlendes Lächeln geschenkt. Ob er sich auskenne in den Bergen, hatte sie gefragt. Sie komme aus Bremen und trete eine Stelle als Kellnerin in einem Hotel in Luzern an. Vorher hätte sie aber noch ein paar Tage Zeit, um die Gegend kennenzulernen. Natürlich kenne er sich aus. Er sei schliesslich Schweizer und somit mit den Bergen vertraut, was masslos übertrieben war. In Zürich aufgewachsen, war er nur ein paar Mal zum Skifahren im Bündnerland gewesen und vielleicht mal mit der Bahn auf den Pilatus gefahren. Seine Welt war die Musik. Aber etwas Angeberei war ja wohl erlaubt, um eine hübsche Flachländerin zu beeindrucken und ihrem Schweizer-Clichée zu entsprechen.

Ein Ausflug auf die Rigi sei eine gute Wahl, hatte er als Ortskundiger gesagt. Viele berühmte Leute hätten dies auch schon getan, der Bayernkönig Ludwig, Goethe, Brahms, und ob sie die berühmte Geschichte von Mark Twain kenne? Sie kannte sie nicht, liess sie sich aber gerne während der Fahrt mit der Zahnradbahn erzählen. Regina war eine gute Zuhörerin und lachte herzhaft über die beiden Wanderer, die den Sonnenaufgang mehrmals verpassten. Mark Twain sei eben auch so ein Flachländer gewesen, der sich in den Bergen nicht auskannte. Regina nahm die Anspielung mit einem Lächeln zur Kenntnis und Viktor genoss die Rolle des bergerfahrenen Reiseführers.

Kurz nach Rigi Kaltbad durchbrachen sie die Nebeldecke. Die Reste des Aprilschnees glitzerten in der Mittagssonne. Auf der andern Seite des Nebelmeers reihten sich nun die weissen Gipfel der Innerschweizer und der Berner Alpen zu einem eindrücklichen Panorama auf. Viktor verstieg sich, ein paar der Gipfel zu präsentieren: Titlis, Eiger, Mönch und Jungfrau, Finsteraarhorn. Regina schenkte ihm die verdiente Bewunderung.

Auf Rigi-Kulm stiegen sie zum Gipfel hinauf und waren vom Rundblick überwältigt.

«Man sieht ja fast bis nach Bremen!» scherzte Regina.

«Ja, man beobachtet uns bestimmt,» antwortete Viktor und eine heisse Welle von Zuneigung brachte ihn fast aus dem Gleichgewicht. Er legte ihr den Arm über die Schultern, sie schmiegte ihren Kopf an seine Brust. Er sog den Duft ihrer Haare ein. Ganz wie von selbst drehten sich ihre Gesichter einander zu, die Lippen fanden sich und verschmolzen zu einem langen, leidenschaftlichen Kuss.

Mit einem verschwörerischen Blick einigten sie sich, im Kulmhotel ein Zimmer zu nehmen, verschwanden daraufhin sofort im Bett und erschienen erst zum Nachtessen wieder mit roten Ohren und leuchtenden Augen. Der Kronleuchter im Speisesaal warf ein warmes Licht auf das verliebte Paar und der mächtige Spiegel mit dem goldenen Rahmen nahm sie in die Erinnerungsgalerie aller Liebespaare auf, die schon vor ihnen da gewesen waren.

Spät in der Nacht flüsterte Regina Viktor ins Ohr: «Morgen spielen wir Mark Twain!»

«Wie meinst Du das?» fragte er schläfrig.

«Wir stehen erst abends um sechs Uhr auf und gehen dann den Sonnenaufgang anschauen.»

Der Hunger trieb sie dann doch früher aus dem Bett. Während der nächsten zwei Tage pendelten sie zwischen Nebelmeer, Sonnenuntergang, Federdecke, Sternenhimmel und Speisesaal hin und her. Viktor hatte sich schon lange nicht mehr so lebendig und leicht gefühlt, auch wenn er die meisten seiner Gipfelbestimmungen korrigieren musste. Regina lachte und gestand ihrerseits, dass sie schon oft Bergtouren in der Schweiz unternommen und die meisten der Bergspitzen aus der Nähe gesehen oder gar bestiegen hätte. Sie wollte ihm aber gerne den Expertenstatus überlassen, weil er ja Schweizer sei und diese Berge ihm gehören würden. Sie einigten sich darauf, dass auf die offiziellen Beschriftungen kein Verlass sei und begannen damit, jedem Gipfel einen neuen Namen zu geben.

Am späten Nachmittag standen sie wieder auf dem Kulm. Die Sonne stand schon tief und der Nebel stieg in Schwaden aus dem Tal auf. Ihre Schatten lagen langgezogen vor ihnen und verloren sich im Dunst.

«Schau, das Rigi-Gespenst!» rief Viktor.

«Das hat schon Wagner hier oben gesehen!»

Regina lachte: «Das sind doch wir selbst!» Sie schwenkte ihre Arme über dem Kopf und der

Geist bewegte sich bedrohlich über dem Abgrund.

«Siehst Du!» Sie schubste ihn liebevoll gegen die Kante.

«Hey, pass auf!» Er packte sie am Handgelenk.

«Das zeigt doch nur, dass der Geist uns sieht und dich nachäfft!»

Sie zog ihn vom Abgrund weg und küsste ihn. «Du bist mein Rigi-Gespenst!»

Am dritten Tag sagte Regina nach dem Mittagessen: «Morgen trete ich meine Stelle in Luzern an. Ich muss nun zurück.»

Viktor war entsetzt. «Ich komme mit!»

«Nein, das geht leider nicht!«

«Warum denn nicht?» begehrte er auf.

«Das kann ich dir nicht erklären. Es geht nicht. Ich möchte, dass wir uns hier oben verabschieden, und wenn du willst, treffen wir uns wieder hier oben, irgendwann.»

«Aber ...!» setzte er nochmals an und brach den Versuch ab, denn auch er musste nach Berlin zurück.

Sie tauschten ihre Telefonnummern aus, umarmten sich und versprachen, dass sie sich bald wieder auf der Rigi treffen würden. Regina bestieg die rote Bahn, die sie nach Vitznau brachte. Viktor schaute ihr lange nach und winkte, bis die blonden Haare hinter der beschlagenen Scheibe verschwanden. Dann fuhr er mit der blauen Bahn auf der anderen Seite des Berges nach Arth-Goldau hinab.

Seither stand dieser Berg zwischen ihnen. Seine Arbeit als Musikkritiker fesselte ihn an Berlin. Sie hatten ein paar Mal telefoniert, hatten Pläne geschmiedet, aber das Rigi-Gespenst schien etwas dagegen zu haben.

Er bog in die Kantstrasse ein. Ohne zu überlegen winkte er ein Taxi herbei und sagte: «Zum Hauptbahnhof bitte!» Er wusste, dass kein Zug mehr nach Zürich fuhr, aber bis Mannheim würde er es schaffen und morgen wäre er gegen Mittag in Luzern und zum Sonnenuntergang auf der Rigi. Mit seiner Regina. Wenn es die Götter wollen. Und das Rigi-Gespenst!

Pfnüsel · Cheli · Schalousie

Im Regen

Theodor Wolff

Es ist ja gewiss richtig, dass der Mensch nirgends so klein erscheint wie in den Schweizer Bergen, aber die Menschheit erscheint nirgends so gross. Welch ein merkwürdiger und beinahe überwältigender Eindruck, wenn man nach einer längeren Reihe von Jahren wieder in Vitznau steht, in Vitznau am Vierwaldstätter See, und die Züge der Zahnradbahn in fast ununterbrochener Folge vom Rigi herunterrasseln sieht! In diesen offenen Wagen kommen in dichtgedrängten Massen die Touristen herab, die oben auf Rigi-Kulm den Sonnenaufgang genossen haben, und man erkennt den Engländer am Phlegma, den Franzosen an seiner theatralischen Geschwätzigkeit, und den Norddeutschen am wollenen Hemd. Nur einige wenige Personen blicken mit wirklichen Geniesseraugen in die äusserst schöne Welt hinaus; die meisten sind übermüdet und starren ziemlich stumpfsinnig vor sich hin, und ungemein viele scheinen aus Furcht, den Sonnenaufgang zu versäumen, die Waschschüssel nicht berührt zu haben. Kaum hält der Bahnwagen in Vitznau, so drängt die Herde dieser nur noch auf Sonnenbäder angewiesenen Touristen zum Dampfer, und die Fahrt geht weiter nach Flüelen, ohne Ruh', ohne Rast und ohne Seife.

Überall, wo ich vorbeikam oder einige Zeit verweilte, waren die Hotels voll zum Bersten, und die Hotelbesitzer segneten diesen unvergleichlichen Sommer. Auf Rigi-Kaltbad erholten sich die Berliner Bankdirektoren von ihrer schweren aber schönen Tätigkeit; auf dem behaglichen Rigi-First sass ein solides, angenehmes Publikum, und in dem bescheiden eingeklemmten Rigi-Klösterli sass ein anspruchsloser und ruhiger Mittelstand. Auf Rigi-Scheidegg, das so frei, von prachtvollen Winden umweht, gegenüber dem herrlichsten Panorama und abseits von der Heerstrasse liegt, sassen viele alte rotwangige Herren aus dem Professoren-, dem Richter- und dem Handelsstande, Süddeutsche und Rheinländer, die einander mit liebenswürdiger Eitelkeit erzählten, dass sie zu Fuss nach First oder nach Kaltbad gegangen, und die sich mit heller Entrüstung wehrten, wenn ihre Gattinnen ihnen abends die warmen Mäntel herunterbrachten. In Interlaken aber residierte Don

Carlos, königliche Hoheit und Herzog von Madrid, der vielleicht echte, aber unbeglaubigte Souverän Spaniens. Er ist jeder Zoll ein König ohne Land, eine jener Herrschernaturen, die geeignet scheinen, ein ganzes Volk unglücklich zu machen.

Veröffentlicht 1909

«Man läutete zu Tische und zweihundert Gäste eilten in den Speisesaal. Der einzige Vorfall an diesem Abend war ein Streit, den Bitterlin mit einem Kellner hatte. ‹Wollt Ihr mich hier verhöhnen?› schrie der Hauptmann. ‹Da habt Ihr mir gestern in Basel Forellen vorgesetzt; die habe ich gegessen. Gestern Abend in Olten wieder Forellen; ich habe nichts gesagt. Heute Mittag in Luzern, zum drittenmal Forellen; ich konstatiere das; und da kommt Ihr auch noch heute Abend damit! Ihr habt Euch also verschworen, mich in eine Forelle zu verwandeln? […]›

Der arme Diener hielt mit stumpfsinnigem Gesicht seine Schüssel hin und liess dabei die Sauce tropfenweise auf den Rockkragen eines schwedischen Generals herabträufeln; er verstand kein Wort Französisch.»

Edmond About

Aus: Edmond About, *Die Spielhölle in Baden-Baden.* Roman. Reclam, Leipzig 1895.

Aus den Briefen

Joseph von Görres

Wir standen also um halb vier Uhr auf, und es wies sich nun glücklich als ein Eispunsch aus, das Gras war mitten im Juli weiß bereift, das Vieh lag noch schlafend auf den Matten umher, eine schöne, brennende Morgenröte stand am Morgenhimmel, und die großen Schneeberge glühten zuerst wie Alpenrosen in der wahren Rosenfarbe dieser Blume auf, später röteten sich dann die tieferen Berge, und nun wurden jene silberweißen Wolkenstreifen am Himmel sichtbar, aber zerstückten uns in etwas den Anblick, der am vorigen Morgen, wie sie erzählten, in seiner ganzen Pracht zu sehen war, wo kein einziges Alphorn am Horizonte fehlte und keines unbeschienen war. Es steht hier oben dicht am Gipfel ein Wirtshaus nur von Holz gebaut, in dem man recht wohl aufgenommen ist. Das ist die allersonderbarste poetische Kneipe auf Gottes Erdboden, das wahre Compostell der reisenden Schweizerei an der Jakobsstraße. Da kreuzen sich alle Völkerstraßen und alle Sprachen, jeder Tag sieht andere Gäste, die alle ihren sauren Schweiß daran gesetzt, die Höhe zu besteigen und nun murrend oder vergnügt abscheiden, je nachdem sie der Berggeist bei böser oder guter Laune angetroffen.

Die Engländer haben stark die Sitte, nachts elf, zwölf bei Laternenschein heraufzukommen, um gleich am andern Morgen vor Sonnenaufgang wieder abzureisen, wo sie denn wenigstens sagen können, daß sie oben gewesen. Die Franzosen fluchen häufig, wenn sie oben angelangt, daß das alles für ihre schwere Mühe sei. Die Teutschen, wenn sie nur einigermaßen einen Sonnenblick gehabt, machen der dortigen Natur gebührende Reverenzen, die Schweizer gewöhnlich in Versen aus Schiller oder von eigener Fabrik, wenn es Honoratioren sind, die andern in gerührter Prosa, die teutschen Studenten gemeinhin in burschikosen Redensarten, die Preußen sind darunter leicht durch ihren impertinenten Ton gegen die Wirte und ihre Ziererei gegen die Natur zu erkennen.

So wimmelt das Nest nun gewöhnlich wie die Arche von reinen und unreinen Tieren, da es wie eine Cremonenser Geige aus hundert Holzstücken zusammengeleimt fortwährend räsoniert und schwirrt und tönt, so ist immer bis tief in die Nacht ein höllischer Spektakel; hat man die Augen endlich ein wenig geschlossen, so kündigt neuer Lärm an, wie die Sonne die ihrigen zu öffnen beginne, und um halb vier kommt der Wirt und geht an jede Tür, um die Wachenden zur kühlen Morgenluft zu wecken. Nun rafft sich alles auf und eilt meist schon eine halbe Stunde zu früh zum Kulme. Da ist es nun zum Erbarmen, die sentimentalen Damen zu sehen, wie sie zitternd im Nachtwind stehen und die Mäntel eng an sich ziehen und blaß sich härmen vor prosaischem Froste und Langeweile, da die Sonne wie eine Königin gar zu lange auf sich warten läßt, die Winde aber, je mehr sie naht, heftiger und frostiger sich erheben. Endlich kommt die Langersehnte, aber dann sind die Bewunderer meist halb erstarrt, die Phantasie, sie hängt jämmerlich wie ein beregneter Schmetterling die matten Flügel, die Füsse sind im kalten feuchten Reife naß geworden und erkältet, und der poetische Appetit ist größtenteils vergangen, und das Traktament trifft satte Gäste.

Geschrieben 1820

«‹Wie war's? Schön, nicht wahr? Es war ja ein prächtiger Abend.› – ‹Wohl, wohl! Nur viel Bildungsvolk oben! Werden die Berge bald vollends wegätzen. Fehlt ein Abschreckungs-Bädeker, dass es wieder einsam würde und stille Menschen ein vertrautes Wort mit der Natur reden könnten oder von ihr anhören. Wollte auch morgens den Kerl nicht erleben, der in alter Schweizertracht den Kuhreigen bläst zum Sonnenaufgang, dann im Gasthof sein Trinkgeld einzieht; daher ab, fort, weg noch in der Nacht!›»

Friedrich Theodor Vischer

Aus: Friedrich Theodor Vischer, *Auch Einer. Eine Reisebekanntschaft.* Hallberger, Stuttgart 1879.

Mit Maria zum Schnee

Klaus Merz

Unterkulm. Oberkulm. Rigi Kulm: So würden auch heute unsere drei ersten Tages-Koordinaten heissen, läge dieser dichte Nebel nicht vor den Fenstern. Die Sicht reicht nur gerade bis zum nächsten Haselstrauch, dahinter aber – wenigstens so weit erstreckt sich unsere tägliche Zuversicht jeweils vor den Frühnachrichten noch – dümpelt als dunkler Wal verlässlich die Rigi. (Den hochmodernen Sendeturm auf der Nordspitze sehen und hören wir nicht. Für uns heisst unser altbewährter Sender, ob ultrakurz oder digital, noch immer und ewig «Landessender Beromünster».) Wenn wir in sternklaren Nächten aber auf der Höhe von Rigi Kulm ein zart flackerndes Gestirnchen ausmachen, so sagen wir, als sprächen wir von alten Nachbarn: «Droben haben sie auch noch Licht.»

Die Rigi ist unser Hausberg am südlichen Horizont, sie schliesst die hellen Wiesen und luzernischen Felder mit ihrer graugrünen Bemantelung unmissverständlich ab. Und sie hält uns gleichzeitig die Fels-, Schutt- und Schneewüsten der eigentlichen Alpen fern, die sich an klaren Tagen hinter ihrem Rücken hervor fast lasziv in unsere mittelländischen Augen hineinschmeicheln und -betten wollen. – Wir sehen die Rigi, wenn wir sie sehen, als eine ruhige Vermittlerin zwischen Hoch und Tief, währenddem uns der abgewandte Titlis jahraus jahrein nur seinen eisigen, in den letzten Jahren jedoch auch immer öfter schweissigen Rücken zeigt. Die Rigi ihrerseits, so scheint uns, schwitzt nie und friert nicht. Sie besitzt die Noblesse eines diskreten britischen *Go Betweens.* Von der Rigi können wir lernen, was es heisst, einander «grün zu sein».

Aufgewachsen bin ich allerdings allein mit der Sehnsucht nach der Rigi, direkt sehen konnte ich sie von meinem einstigen Elternhause aus nicht. Die Rigi gehörte aber schon damals zu meinen Montagssehnsüchten, sie standen den sonntäglichen Wunschträumen in keiner Weise nach. Nur gingen diese nie in Erfüllung, da Vater nach einer strengen Woche mit lauter Frühschichten wieder einmal anständig ausschlafen musste.

Am Montagnachmittag blieb unsere Bäckerei-Konditorei jedoch «wegen *zu* geschlossen», wie Grossvater jeweils witzelte, der nur den Sonntag als Feiertag gelten liess. Und wenn alles gut ging, Vater sich noch frisch fühlte und schon genügend Schnee lag, zwinkerte er mir beim Essen kurz zu und sagte: Hol die Latten hervor, wir fahren schnell auf die Rigi.

Mutter war einverstanden. Sie selber hatte nichts am Hut mit Stemmen, Schwingen und Schnee. Sie wartete lieber den Bergfrühling ab. Dann gab sie den Blumen ihre Namen und erklärte uns die Baumgrenze. Und bei ihr hatten nicht nur die Kleider, Röcke, Pfade und Taschentücher, sondern auch der Wald einen *Saum*. Bei ihr gab es fast nichts Unversäumtes. Und sie war es auch, die uns an einem spätherbstlichen Riginachmittag vorschlug, unser Auto kurzerhand unten an der Talstation stehen zu lassen und direkt übers Nebelmeer nach Hause zu fahren. Eine passende Barke werde sich zwischen Rigi Kulm und der Klösterli-Kapelle schon finden lassen.

Wir kapern doch einfach das Kirchenschiff und rudern mit *Maria zum Schnee* ins protestantische Wynental hinab, sagte sie. Für die nächtliche Rückführung wird sich die Heilige dann sicherlich aus ihrem schönen Deckenfresko lösen und selber an die Reling des wankenden Schiffchens treten, um das *Käppeli* wieder unter ihr eigenes Auffahrtskommando zu nehmen und auf die Rigi zurückzulenken, wo es ja auch hingehört. – Es wird alles gut, sagte meine Mutter. Wir stiessen ab.

Nicht gut wäre es im darauffolgenden Winter bei unserer neuerlichen Rigifahrt beinahe herausgekommen. Vater schwor verbissen auf *Hickory verleimt,* damit hatte er in seinem Leben noch jeden Hang bezwungen. Und deshalb liess er auch für mich zu Weihnachten 1955 ein kürzeres, aber ebenso hartes Paar Bretter anfertigen. Mit Kanten.

Am Vorabend unserer bevorstehenden Bergfahrt präparierten wir unsere Skier mit *Toko I* bis *V,* missbrauchten für den finalen Glanz wie immer Mutters Bügeleisen.

Dass Vater auf unserer Heranfahrt im zugigen alten Peugeot allerdings (auch ohne Mutters Sopran und kaum lag die Stadt Luzern hinter uns) stets wieder das Vitznauerlied anstimmte, war vermutlich einzig seiner Vorfreude auf die bevorstehenden gemeinsamen Abfahrten geschuldet, auf die ich mich ja ebenfalls freute, wenn auch mit etwas weichen Knien. – Fast wären mir die verschlungenen Wege des Volksliedes, worin es ganz ohne Strümpfe und Schuhe, holje-guggu, rigiwärts geht, lieber gewesen, während wir doch in schweren Skischuhen und dicken Wintersachen unterwegs waren und direkt auf Arth-Goldau zuhielten, der Talstation meiner bislang einzigen Zahnradbahn auf Erden. Im schrägen Zugabteil mit den Skistöcken zwischen den Beinen und unter Obhut eines wundersam schief in die Bergwelt ragenden Kondukteurs ging es im Schwick bis zuoberst auf die Rigi hinauf. Vater bog zur Stärkung durch Nussgipfel und Rum-Punsch erst mal ins Rigi Kulm ab, bevor wir mit der Bahn nach Staffel zurückfuhren und die Skier anschnallten. Die Fahnen klirrten im Wind.

Hock ab, hock ab!, schrie er dann wenig später, als ich durch eine dumme Unachtsamkeit zwischen die Schienen der Zahnradbahn geraten war. Vater raste auf seinen langen Brettern schwingend und wild gestikulierend neben mir das Gleis entlang. Ich aber machte zunehmend Tempo, sah zwischen meinen Beinen die schwarze Zahnstange schneller und schneller dahinflitzen und fasste mir nach den immer verzweifelteren Zurufen meines Vaters endlich ein Herz. Ich hielt mit den

Brettern die Spur, senkte mein Steissbein vorsichtig, aber entschlossen aufs ölige Eisen – es ging wie geschmiert weiter – dann hockte ich ab.

Vater stoppte, elegant, riss mich vom Gleis und drückte mich an seine pochende Brust. Meine neuen Hickorys baumelten in der Luft, die Bambusstöcke liess ich in den Schnee gleiten, und Vater stellte mich erst wieder auf die Piste zurück, als bergwärts die nächste Zahnradbahn nahte und er neben mir, fast eine militärische Haltung annehmend, mit einem kurzen Stossseufzer gen Himmel das uniformierte Personal und die fröhlichen Passagiere grüsste. – Dank dem doppelten Hosenboden, auf dem Mutter bei den selbst genähten Keilhosen unbedingt bestanden hatte, war meinem Steiss nichts Böses geschehen. Und kein kalter Schnee in den Hosensäcken, denn auch von Reissverschlüssen hatte sie sich nicht abbringen lassen. – Wir stemmten noch bis zum Klösterli durch und stiegen dann, etwas früher als eigentlich geplant, zusammen in die Bahn, talwärts.

Auf der Heimfahrt schwiegen wir fast bis Gormund, dann sagte Vater, dass ihm schon kurz nach dem Schrecken über mein gefährliches Ausscheren ein Dachdecker aus seiner Kindheit in den

Sinn gekommen sei. Dieser Arnold sei jeweils singend und pfeifend über die Dachlattenroste hinauf- und hinunterbalanciert. Doch einmal, beim Neueindecken des Nachbarhauses, sei er ganz unglücklich unterm First ausgeglitten und bäuchlings das steile Satteldach hinuntergerutscht. Und noch während er am Gürtel nach seinem spitzen Schieferhammer gesucht habe, um ihn ins Gebälk zu rammen, habe er laut und vernehmlich in die Luft gerufen: *Tüfel, heb de Sack uf, es chunnt e Dachdecker obenabe!* – Aber Noldi habe noch einmal Glück gehabt, sagte Vater. Wie wir beide auch.

Heugümper · Gufere · Züpfe

Willibald

Marlène Wirthner-Durrer

Endlich Ruhe auf Rigi Kulm. Die Tagestouristen sind wieder im Tal, Hotelgäste und Angestellte haben sich zurückgezogen. Die Direktorin sitzt an der Rezeption und ist müde, geniesst aber diese Stunde nach Mitternacht. Wie gewohnt lässt sie den vergangenen Tag Revue passieren und überlegt sich, was der neue wohl bringen mag.

Heute, am noch jungen 6. August, denkt sie weit voraus. In genau einem Jahr feiert das Hotel sein 200-jähriges Bestehen. Geplant sind kleinere und grössere Jubiläumsfestivitäten. Wichtig ist ein neues Plakat. Es soll geschmackvoll sein und auf typische Merkmale der Rigi hinweisen. Etwas Aussagekräftiges muss noch gefunden werden.

Mit diesen Gedanken begibt sie sich auf ihren nächtlichen Kontrollgang durch Vorratskammern, Kühlräume, Weinkeller und technischen Anlagen, zur Silberkammer und Lingerie am Ende eines unterirdischen Ganges. Während sie danach noch Gaststuben, Seminarräume und Säle inspiziert, vernimmt sie plötzlich seltsame Schleifgeräusche aus der Küche. Irritiert schaut sie nach. Ein umgekehrter Harass bewegt sich selbständig Richtung Kochherd. «Seltsam», denkt sie und beginnt die Kiste zurück zum ursprünglichen Platz zu schieben. Augenblicklich ertönt ein Geschimpfe und Gejammer: «Aufhören – Sofort aufhören!» Sie hebt den Harass hoch und traut ihren Augen nicht. Vor ihr steht ein winziges Männlein.

«Wer bist du? Was tust du hier?» Das Männlein schweigt, zieht seine Mütze tief ins Gesicht und starrt verdattert auf seine Schuhspitzen. Die Direktorin ist von diesem Anblick gerührt. Und als das Männlein ihr verrät, dass er auf den Harass klettern wollte, um sich Spiegeleier zu braten, weil er ja sonst zu klein sei, ist es um sie geschehen. Sie hat den kleinen Wicht bereits in ihr Herz geschlossen. Schnell schlägt sie zwei Eier in die Pfanne, während der kleine Mann es sich auf dem Harass bequem macht und dann genüsslich die mit den Eiern belegte Brotscheibe verzehrt.

Nun sitzen die beiden zwischen Friteuse, Warmhalteschrank und Kochherd zusammen auf dem Harass und die Direktorin erfährt, dass der kleine Wicht «Zwerg Willibald» heisse und immer in der Hotelküche übernachte. Zuerst brate er sich Eier und schlafe dann zwischen den Küchentüchern. Das mache er so, seit er mit seinen Kollegen 1896 auf die Rigi gekommen sei. Tagsüber arbeite er auf Rigi Kaltbad und fahre jeweils mit der letzten Bahn hinauf und mit der ersten wieder hinunter.

Die Chefin des Hauses ist fassungslos: «Seit 120 Jahren lebst du in der Nacht hier im Hotel, hast Um- und Neubauten erlebt – und kein Mensch hat dich je gesehen?» «Doch, doch, früher haben wir mit den Menschen zusammengelebt. Nach schlechten Erfahrungen bleiben wir aber lieber unter uns. Du hättest mich auch nicht sehen sollen.» «Aber Willibald, ich will dir doch nichts Böses. Möchte jetzt nur alles wissen. Wo sind deine Kollegen? Was arbeitet ihr, wo kommt ihr her? Vielleicht kann ich euch ja helfen.» Zwerg Willibald lacht: «Menschen können uns nicht helfen. – Wir sind es doch, die euch helfen.»

Ungläubig und belustigt zugleich runzelt die sonst nur schwer zu erschütternde Direktorin die Stirn: «Wie um alles in der Welt wollt ihr kleinen Wichte den Menschen denn helfen?» Zwerg Willibald reagiert wirsch: «Genau diese Arroganz macht ein Zusammenleben mit euch Menschen so schwierig. Ihr glaubt, ihr seid die Grössten. Dabei forschen und arbeiten wir seit über hundert Jahren dafür, dass ihr hier überhaupt leben könnt. Ohne uns hätte euch dieser Berg längst begraben.» «Jetzt übertreibst du aber gewaltig», unterbricht ihn die Chefin. Aber Willibald redet sich in Rage: «Jedes Kind weiss, dass die Rigi abbruchgefährdet ist. Deshalb stabilisieren wir das grobkörnige Nagelfluhgestein mit einem zementartigen Bindemittel. Sonst ade, du schöner Berg! Aber jetzt bin ich müde. Bin nicht gewöhnt, so viel zu reden.» Und auf der Stelle legt er sich auf die Seite und zieht die Mütze über die Augen.

Die Hausherrin interveniert jedoch: «Nein, nein, noch nicht schlafen, erzähl weiter!» Willibald gähnt: «Also gut. Eigentlich sind wir Stanserhorn-Zwerge. Älpler haben uns vertrieben. Man könne uns hier brauchen, haben wir gehört. Meine Kollegen wohnen in einer Höhle zwischen Kaltbad und First.» Und mit zufallenden Augen zieht er aus der Hosentasche eine sehr klein zusammengefaltete, ziemlich vergilbte Zeitungsseite hervor. «Hier, wenn du mehr wissen willst. Und jetzt gute Nacht.»

Die Hôtellière greift zu ein paar frischen Küchentüchern und deckt den kleinen Mann neben sich damit zu. Dann liest sie den Artikel aus dem *Nidwaldner Volksblatt* von 1896:

Die Stanserhornbahn AG beklagt das Verschwinden der Stanserhorn-Gnomen und erhebt schwere Vorwürfe an die Älplerschaft!

Seit Menschengedenken hat ein fleissiges Zwergen-Völklein das Stanserhorn bewohnt und ist den Sennen und Älplern hilfreich zur Hand gegangen. Besonders beliebt waren sie beim Heuen. Und beim Bau der Standseilbahn im stotzigen Gelände sollen sie ihre übermenschlichen Kräfte eingesetzt haben. Zum Dank wurden die knorrigen Erdmännchen auf dem ersten Werbeplakat der Stanserhornbahn verewigt.

Später haben die Älpler angefangen, die Zwerge zu necken und zu plagen. Die gutmütigen Wesen liessen es sich gefallen, bis ein Älpler den Bogen überspannte. Unter einem Felsen machte er Feuer und bot einem der Männchen den glühend heissen Stein als Sitzgelegenheit an. Es zischte und der Zwerg war verschwunden – und mit ihm das ganze Völklein.

Die Stanserhornbahn AG verlangt von der Älplerschaft Schadenersatz. Weil die Zwerge verschwunden seien, müsse man nun schon wieder neue Plakate drucken.

Gedankenversunken faltet sie die Zeitungsseite zusammen und steckt sie vorsichtig unter

Willibalds Decke. Sie holt noch ein Küchentuch und schiebt es ganz sanft unter seinen Kopf. Zärtlich streicht sie ihm über die Wange und betrachtet das schlafende Männchen.

So bleibt sie zeitvergessend sitzen, bis in der Ferne schon ganz langsam der Morgen anbricht. «Was ich in dieser Nacht erlebt habe, glaubt mir kein Mensch», denkt sie und holt das Handy hervor. Sie richtet die Kamera auf den selig schlafenden Zwerg und drückt ab, doch in diesem Moment ist Willibald verschwunden. Auf dem Bild sind Harass, Küchentücher und die Zeitungsseite zu sehen, von Willibald aber fehlt jede Spur. Sie fährt sich über die Augen und meint, von weit her ein leicht spöttisches Lachen zu hören, und dann ganz deutlich: «Vergiss nicht – und denk daran, ohne uns hätte euch euer Berg schon längst begraben!»

Wie in Trance schiebt die Direktorin den Harass an seinen Platz zurück. Sie weiss nicht, wie das Erlebte einzuordnen ist, weiss aber jetzt genau, was auf dem neuen Rigi Kulm-Plakat zu sehen sein wird!

«Heinrich Keller von Zürich hielt sich am 29. July bis 18. August (20 Tage) hier auf und hatte die mannigfaltigsten und interessantesten Beleuchtungen und herrliche Lichteffekte auf einzelne Theile dieser ausserordentlichen Welt-Umsicht, deren Genuss nun durch die Gelegenheit, sich hier aufhalten zu können und durch den freundlichen, braven und billigen Wirth Marti Bürgi sehr erleichtert und angenehm gemacht wird. Ein warmes Lob des Berges und ein ehrendes Zeugnis wahrlich für den Wirth, der das Wagniss unternommen, ein Haus auf diesem öden Gipfel zu errichten.»

Heinrich Keller

Der Zürcher Kartograf, Zeichner und Verleger Heinrich Keller trug sich bereits am 14. August 1816, acht Tage nach Eröffnung des Hauses, in das Gästebuch des Kulm-Wirtes ein. Hier aus: W. H. Vormann, *Aus den Fremdenbüchern von Rigi Kulm,* Haller, Bern 1883.

Schweizreise 1838

Konstantin Aksakov

[...] Und so weckten sie mich am Sonntag um 2 Uhr morgens. Es war dunkel. Wir setzten uns ins Boot und fuhren los. Der See war vollkommen ruhig. Die Berge, riesige Berge standen im Nebel da. Die Sterne und der Mond spiegelten sich im Wasser. Wir allein fuhren auf dem ganzen See mit drei Rudern. Zum ersten Mal nahm ich da richtig den Morgenstern wahr, den ich zuvor gleichsam nie gesehen hatte. Bald begann es zu tagen, die Sterne und der Mond verblichen, der Himmel rötete sich, aber die Berge hielten den Tag noch auf. Wir legten am Ufer an und zogen los auf die Rigi. Der Aufstieg war zwar nicht sehr steil, aber lang und steinig. Nachdem wir eine ziemliche Höhe erklommen hatten, wandte ich mich um: Der Pilatus, ein Berg noch höher als die Rigi, der sich direkt vor meinem Fenster befindet, war ganz rosafarben geworden von der Morgenröte: wunderbar war das! Noch höher, und auch der Schnee auf den Bergen rötete sich. Schliesslich, nach langem mühsamem Weg, ermüdet und mit gerötetem Gesicht, gelangte ich endlich auf den Gipfel – und welch wunderbarer Anblick! Die Seen gleichsam in grüne Rahmen gestellt: die Städte, die Dörfer, die Wälder, der Reussfluss, auf der einen Seite, das war ein wunderbares lebendes Relief; auf der anderen Seite aber sah man die Bergriesen, eine ganze Kette von Schneebergen, in der Ferne die Jungfrau. Wir bewunderten alles und machten uns auf den Rückweg. Abzusteigen war nicht viel leichter. Niemals war ich so ins Schwitzen geraten. Mein Hemd war nass, als hätte es im Wasser gelegen. Als ich meinen Wirtsleuten zahlen wollte, für ihre Mühe wie auch dafür, dass sie mich unterwegs in einem Wirtshaus eine Tasse Kaffee hatten trinken lassen, dazu auch zwei Glas Moscht (das ist ein sehr schmackhaftes Getränk aus dem Saft von Birnen und Äpfeln), so wollten sie um keinen Preis etwas nehmen, indem sie sagten, sie wären zu ihrem eigenen Vergnügen auf der Rigi gewesen, und mit Kaffee und Moscht hätten sie mich bewirtet, und dafür nehme man nichts.

Rigiwanderung

In meinem Reiseführer las ich,
Welch schöner Berg die Rigi sei.
Ich steige auf die Rigi – sagt' ich –
Am Morgen früh, wer ist dabei?

Mit seiner Frau wollt' mich begleiten
Der Herr des Hauses rigiwärts,
Auf einem Boote mich geleiten
Über den See zum Fuss des Bergs.

Schlag zwei Uhr weckte mich die Wirtin
Aus tiefem Schlaf. Vom Bett ich sprang
Und wusch bei Kerzenlicht mich hurtig
Und kämmte mich und zog mich an.

Noch dunkel war es. Es erhellten
Nur Sterne hoch die Sommernacht,
Erzitternd spiegelte in Wellen,
Im Mondenglanz, sich ihre Pracht.

Wir fuhren munter, doch bedächtig,
Und nur der stete Ruderschlag
Durchbrach die Stille und erweckte
Das Wasser, das im Schlummer lag.

Schon klang von Hügeln sanft hernieder
Ein Lied, das froh ein Schweizer sang,
Ich dacht' dabei an andre Lieder,
An meiner Heimat süssen Klang.

Im Osten war's nun rot geworden
Und Schatten lösten sich jetzt zag
Vom Berg, und nur noch kurz verborgen
Blieb uns der neugeborne Tag.

Zum Ufer geht's, und wir vertäuen
Das Fischerboot am schmalen Steg,
Nun los, wir werden's nicht bereuen;
Lang ist der Aufstieg, steil der Weg.

Übersetzung Brief und Gedicht: Christoph Ferber

Bürgis Hütte

Johann Martin Usteri

Reisebeschreibung aus dem September 1816, gewidmet den beiden mitreisenden jungen Neffen des Verfassers. Auszug aus dem «dritten Tag», Aufenthalt auf dem Rigi-Kulm in dem von Joseph Martin Bürgi noch nicht fertig ausgebauten Gasthof. Ein Text der ersten Stunde!

Aber fest stand Bürgi's Hütte,
und wir schliefen ungestört,
hätte uns durch Spalt und Ritze
nicht des Nächsten Noth gestört.

Einem war zu kurz das Lager,
einem war die Streu zu rauch,
einer hatte Rückenschmerzen,
einer Noth in seinem Bauch.

Einer glaubte Feu'r zu sehen,
einer träumt von Wasserguß,
einer sprach den Abendsegen,
einer fluchte vor Verdruß.

Einer calculiert die Zeche,
einer seufzte nach der Miß,
einer klagte über Blasen,
einer über Hosenriß.

Und man stopfte Aug' und Ohren
endlich fester zu und schlief,
bis der Wirth uns, leise klöpfelnd,
zu dem Sonnenaufgang rief.

Und was wir Herrliches gestern geseh'n,
strahlte uns heute noch einmal so schön,
um uns her Stille, im Thal noch die Nacht,
hoch an dem Himmel die himmlische Pracht:
Funkelnd im Osten ein flammendes Meer,
und die gigantische Schöpfung umher:
Halden und Klüfte, auf ewig beeist,
Zacken, die einsam der Adler umkreist,
und, unter röthlich sich färbenden Höh'n,
tief in den Gründen die finstersten See'n.
Über den schwarzen, zerrissenen Flüh'n,
Spitzen, die freundlich im Sonnenlicht glüh'n;
hehrer noch wie auf erhabenem Thron,
strahlend des Oberlands silberne Kron'. [...]

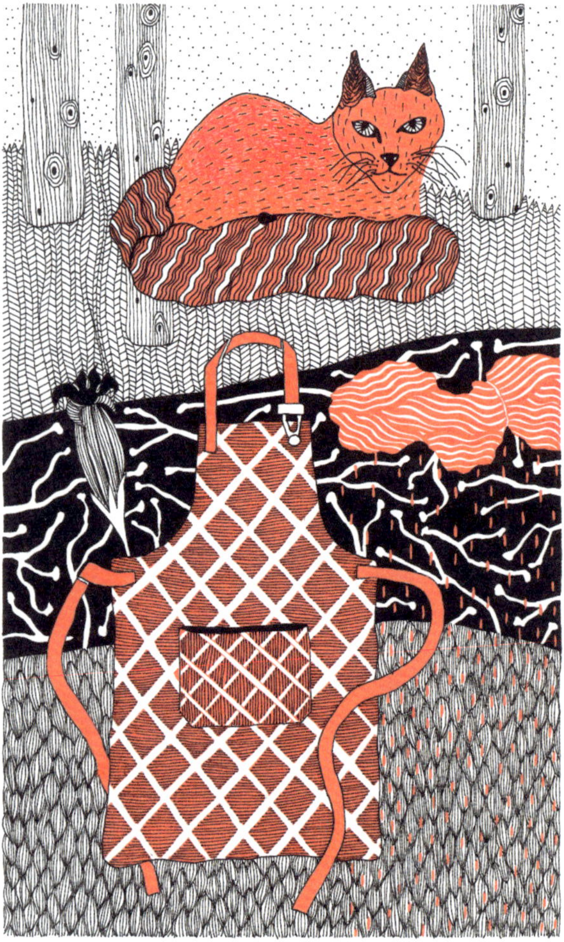

Schübä · schiffä · Chatzärääbel

Der Berg. Ein Herangang

Thomas Hürlimann

Schwarzer Rauch quoll aus dem Kamin des Dampfers. Der Kapitän stand im langen Gummimantel auf der Brücke und griff immer öfter zum Fernglas, denn einige Seemeilen voraus musste der Hafen liegen. Als wir uns dem diesigen Ufer näherten, riet ich meiner Mutter und den beiden Geschwistern, sich unter Deck zu begeben. Ein erfahrener Trapper hatte mir zugeraunt, dass wir hier gefährliche Stellen passierten – manchmal würde aus dem Dschungel eine Garbe von Giftpfeilen abgeschossen und der eine und andere Passagier tödlich getroffen. Die Delphine in der Kielsee tauchten ab, doch nun folgten Möwen dem Schiff, die kreischend den Mast umflatterten. Dann ertönte die Sirene, und siehe da, großmächtig schob sich die dunkle Wand heran, der Berg über der Bucht, der das Echo wuchtig zurückwarf. Die Besatzung nahm ihre Posten ein, und sämtliche Passagiere – Auswanderer mit Überseekoffern, Missionsschwestern mit Tropenhelmen, Indianer, Cowboys, Goldsucher, Pioniere und die Familie Hürlimann auf ihrem Sonntagsausflug – rannten in Arth an Land, um in letzter Sekunde das Tram zu erwischen, das uns über Kuh- und Kirschbaumwiesen nach Goldau brachte, wo wir im Eilmarsch die startbereite Rigi-Bahn erreichten. «Hinten fertig!» rief der Kondukteur mit dem Älplerbart, hakte die gekrümmte Tabakspfeife in den Mundschlitz, die Waggontüren klappten zu, das Zahnrad rastete ein, und schon lag der Zugersee, der eben noch ein gefährliches Meer gewesen war, tief unter uns. Er wurde ein blanker Spiegel in der grünen Landschaft, und reckten wir unsern Daumen, verschwand dahinter, wie mein kleiner Bruder, meine Schwester und ich schaudernd feststellten, unsere Heimatstadt.

So erlebte ich als Primarschüler unsere Rigifahrten, und vermutlich ist es kein Zufall, dass die Erinnerung hier, auf halber Höhe, aussetzt – als wären wir damals gar nie oben gewesen, sondern hätten uns in der plötzlichen Finsternis eines Tunnels, in das die Waggons im steilen Anstieg hineinschloffen, samt unseren Picknickkörben, Winterpullis, Skijacken und der Reiseapotheke aufgelöst. Zu heilig und zu erhaben, um als

Kulisse für das gestaltende Gedächtnis herzuhalten, verbirgt sich die Rigi meiner frühen Jahre in einem Wolkenkranz. Sie hüllt sich in Schweigen. Ja, denke ich hie und da, noch ist es nicht an der Zeit, von dort oben den See und die ferne Heimatstadt und vielleicht sogar ein ganzes Leben zu überblicken.

*

Nach acht Jahren in einer Klosterschule zog es mich in die Welt hinaus, auf jene Hippie-Pfade, die quer durch Afrika, quer durch Indien und irgendwann fast zwangsläufig nach Nepal führten, in die sagenumrankte Hauptstadt aller Tramper, Träumer und Kiffer. Die Bahnstrecke stammte aus britischen Kolonialzeiten, und da ich auf der Fahrt hohes Fieber hatte, erinnere ich mich nur vage an das Bähnchen, das aus der schwülen Ebene hochkletterte in immer kühlere Wälder, weiß aber noch, dass ich plötzlich meinte: Das ist ja die Rigi! Sie war es nicht. Es war der Himalaya, frisch verschneit vor einem glühend blauen Himmel, und auch hier setzt die Erinnerung auf der Strecke aus – ich könnte nicht einmal sagen, ob ich das «Dach der Welt», wie man dieses Gebirge nennt, von Kathmandu aus noch einmal gesehen habe. Gleicht ein Gipfel der Rigi, verbirgt er sich, ragt er über meine Erinnerungen, meine Reisen, mein Leben hoch hinaus.

Viele Jahre verbrachte ich im Flachland, in Berlin. Eines Tages wurde mir bewusst, dass ich zu viel trank, und ich rettete mich in die Schweiz, in ein Appartement in Zermatt, wo ich mich aus eigener Kraft vom Suff wegholen wollte. In der zweiten Nacht lag ich würgend und winselnd auf einer Gummimatte in der Badewanne – und gab auf. Den Entzug, das wusste ich nun, würde ich ohne Hilfe nicht schaffen. In der Hoffnung, irgendwo noch ein Bier zu bekommen, floh ich aus dem Haus – in eine grandiose Dämmerung hinein, vor ein Matterhorn, das leuchtete wie flüssiges Gold. Oder stand es in Flammen? War es möglich, dass sich Stein und Eis in Feuer verwandelten? Aber das war ja gar nicht das «Horu», stellte ich plötzlich fest, es war mein Berg, der eine und der einzige: die Rigi.

In Zermatt wie in Kathmandu blieb es bei der Annäherung – und am Drusberg, einem der imposantesten Gipfel der Innerschweiz, sollte ich Jahre später eine ähnliche Erfahrung machen. Ich habe mein Ziel nicht erreicht, und wieder war es mein Berg der Berge, die Rigi, die mich unterhalb des Gipfels zur Umkehr zwang.

Ab dem vierzigsten Lebensjahr wollte ich mir jeweils im späten Juni beweisen, dass ich immer noch rüstig genug sei, um auf einen «Hoger» wie den Drusberg hinaufzukommen. Allein hätte ich es nicht mehr geschafft, aber mein Freund Bruno half mir jeweils durch die steile Geröllhalde und oben über den Grat. Wir übernachteten am Fuß der Wand und machten uns im frühen Morgen an den Aufstieg. Trotz des diesigen Wetters gelangten wir problemlos bis unter den steilrechten Kamm, wo wir, wie jedes Jahr, eine längere Rast einlegten, um dann ausgeruht die gefährlichste Passage zu bewältigen, den Grat. Frohgemut brachen wir auf, und schon nach den ersten Metern war mir klar: Es geht nicht mehr! Ein heftiger Schwindel hatte mich gepackt, sodass ich auf allen Vieren zum Rastplatz zurückkriechen musste. Während Bruno weiterstieg, fiel ich in den Tiefschlaf, nicht nur vom Aufstieg, mehr noch von meiner Niederlage erschöpft – das Alter hatte begonnen, von jetzt an würde meine Zeit unerbittlich ablaufen. Als ich eine Stunde später aufschreckte, glaubte ich meinen Augen nicht zu trauen. Aus dem Nebel kam langsam ein grauer Schemen auf mich zugeschritten, die Pfeife im Mund: der Älpler-Kondukteur der Rigibahn.

Stumm zog er an mir vorbei, um dann wie ein Geist im trüben Abgrund zu verschwinden ...

*

Von der letzten Fahrt werde ich nicht berichten können, aber ich bin nun alt und reiseerfahren genug, um eine Ahnung zu haben, wie sie verläuft. Bestimmt beginnt sie wieder auf jenem Meer, das für den süchtigen Leser von Abenteuerbüchern der milde Zugersee gewesen war.

... Die Delphine tauchen ab, kreischende Möwen empfangen uns, und aus der silbernen See erhebt sich ein dunkles Land. Es wird rasch grösser und höher, und schon gleitet mit seinen Molen und Masten, den quietschenden Kränen und einer ehrwürdigen Bahnstation der Hafen heran. Ein älterer Herr ist an meine Seite getreten. Er sagt, die Handschuhe um die Reling gelegt: «Was für ein Gefühl, nach Hause zu kommen!»

Er ist ein profunder Kenner der griechischen Philosophie und antiker Mythen, und während wir nebeneinander an der Reling stehen, den Blick auf das rasch herangleitende Land gerichtet, raunt er mir zu, dass wir eben die acherusische See überquert hätten.

Klar, im ersten Moment werde ich ein wenig erschrecken, denn die acherusische See ist die

See der Seen. Wer sie befährt, dem offenbart sie, dass hinter allen Vielheiten das Eine ist. Wie viele Frauen du geküsst hast: in allen hast du sie geliebt, die eine und einzige. In Abertausenden von Büchern hast du ein einziges gelesen, dein Lebensbuch. So viele Fahrten es waren, alle haben sie dich auf diese eine, die letzte Passage vorbereitet, und ohne es zu wissen, hast du stets diesen Ort gesucht, den Hafen am Fuss der hohen dunklen Wand.

Der alte, alpenbärtige Facchino, dem die gekrümmte Pfeife wie ein Haken im Mundschlitz hängt, kommt dir schon recht vertraut vor – es ist ja nicht eure erste Begegnung. Er wird dich in eine lärmerfüllte Halle führen, wo die Bahn zur Abfahrt bereit steht, und zu deiner Verwunderung werden die Waggons mit lauter Chinesen gefüllt sein, die alle, wie du, zum Gipfel wollen. Dann wird es durch immer kühlere, nebelumwallte Wälder höher gehen, in die Felsen hinauf, und vielleicht, wer weiß, wird dich vor dem ersten Tunnel ein zwiespältiges Gefühl beschleichen. Ob ich es diesmal schaffen werde, fragst du dich, auf die andere Seite und bis ganz nach oben zu gelangen?

Nach einer weiteren Kehre wird die Bahn direkt in die Sterne hineinfahren, und wie die

Chinesen, die sich fotografierend an die Scheiben drücken, staune auch ich zum Gipfel empor, wo inmitten der Winternacht das Grand-Hotel leuchtet. Die Hôtellière überreicht mir persönlich den Schlüssel, und wenn ich im Zimmer ans Fenster trete, werde ich irgendwo in der Tiefe, am nördlichen Horizont, eine Stadt erblicken, wo eine junge Familie am Sonntagmorgen mit Picknickkörben, Winterpullis, Skijacken und der Reiseapotheke zu einer Rigi-Reise aufbricht.

Ja, dann bin ich oben. Auf dem Berg. Auf der Rigi.

Endlich.

Nadeln im Fels

Martina Clavadetscher

«Stadt Luzern – Evakuierte können in die Wohnungen zurückkehren.»

«Nicht dieser Text, der kleine Abschnitt unterhalb», sagte der Bärtige und tippte mit dem Zeigfinger aufs Papier.

«Senior stürzt an der Rigi in den Tod?»

«Lesen sie weiter», forderte er mich auf.

Ich zögerte. Eine Angestellte linste hinter dem Tresen zu uns hinüber.

Es kam nicht oft vor, dass ich in einem Bergrestaurant einkehrte. Noch weniger kam es vor, dass ich dabei von einem Fremden in ein Gespräch verwickelt wurde. Kurz: Dass diese Begegnung vor vier Jahren auf der Rigi Kulm stattfand, war aussergewöhnlich. Noch denkwürdiger war jedoch die Geschichte, die der Mann zu erzählen im Begriff war. Da die Neugier auch in diesem Fall über meine Skepsis siegte, las ich weiter.

«Ein Wanderer aus dem Kanton Zürich, der seit Samstagabend vermisst worden war, ist gestern im Rigigebiet – in der Nähe Fruttli – tot geborgen worden. Der 66-jährige war von der Hochflueh Richtung Klösterli unterwegs gewesen, als er das Gleichgewicht verlor und rund 80 Meter in die Tiefe stürzte. Wie die Kantonspolizei mitteilte, hat ein darauf folgendes Unwetter die Suche der Rettungskräfte erschwert. Bereits vergangenen August war an derselben Stelle ein 36-jähriger Wanderer verunglückt.»

Ich sah hoch. «Weiter?»

«Nein, das reicht». Mein Gegenüber – gepflegter Vollbart, blaue Augen, ich schätzte ihn auf Mitte Vierzig – zog mir den Zeitungsausschnitt weg und legte ein zweites Papier vor mich hin.

«Hier. Nochmals lesen bitte.»

«Ich weiss nicht.»

«Sie werden es nicht bereuen.»

Genau daran zweifelte ich in diesem Moment, trotzdem wollte ich erfahren, worauf er hinaus wollte.

«Bergunfall an der Rigi – Mann erliegt Verletzungen», begann ich zu lesen. Wieder handelte die Meldung von einem abgestürzten männlichen Wanderer. Der einzige Unterschied bestand darin, dass der Verunglückte aus Zug stammte. Ausserdem endete der Artikel mit einer merkwürdigen Ergänzung: «Untersuchungen der Kantonspolizei haben ergeben, dass eine Dritteinwirkung ausgeschlossen werden kann. Der Verunglückte hatte beim Eintreffen der Rettungsflugwacht vorerst anderes berichtet.»

Einen Moment lang schwiegen wir.

«Seltsam», murmelte ich, und der Bärtige schien mit meiner Anmerkung zufrieden. Er griff nach der Bierflasche. Nach dem Schluck strich er sich mit dem Handrücken über den Mund.

«Und jetzt kommt meine Version.»

«Ihre Version?»

«Nur dass sie es wissen, ich bin kein Spinner. Ich arbeite als Personalchef für einen internationalen Konzern in Zug. In die Berge ging ich früher nur zur Erholung.»

Ich nickte. In diesem Moment leuchtete sein Telefon auf. Wie beiläufig besah er sich die Meldung des Wetterradars.

«Wenn sie nach dem Fruttli weiterlaufen, nach dem Rotenfluehbach, da gibt es eine enge Stelle, einige nennen sie Bachsturz – ich nenne sie die einsame Stelle. Sie ist bekannt für Erdrutsche, kleinere Felsstürze. Bei Gewitter grollt dort der Berg, der Sturm klingt, als würden Hunde heulen. Wie dem auch sei, bei einem Unwetter geht da niemand freiwillig vorbei. Die Königin der Berge entfaltet dort ihre ganze Macht, sagt man. Ausserdem ist die Stelle gefährlich, wie sie dank der Meldungen wissen.»

Wieder blieb mir nichts anderes als ein Nicken übrig.

«Was aber viele nicht wissen, die Königin der Berge hat dort eine Dienerin.»

Hier machte er eine Pause. Er prüfte meine Reaktion.

«Sie brauchen jetzt nicht so zu schauen; ich weiss, wie das klingt. Aber glauben sie mir, diese Dinge passieren nicht von ungefähr. Von einer Pflegerin des Kantonsspitals Zug habe ich erfahren, dass der Verunglückte aus dem Artikel jedes Mal, wenn er bei Bewusstsein war, davon sprach, dass er gestossen wurde.»

«Was wollen sie damit sagen? Es war Mord?»

Der Bärtige ging nicht auf meine Frage ein, sondern erzählte weiter.

«Also verglich ich die Zeitungsartikel, und bemerkte, dass sich alle Unfälle kurz vor einem Gewitter ereignet hatten.»

«Ist ja an sich nichts Ungewöhnliches.»

«Nein, sie verstehen nicht. Die Unfälle geschahen, bevor das Unwetter überhaupt einsetzte.»

«Aber ...»

«Wie dem auch sei: Die Sache liess mir keine Ruhe. Mehrere Nachmittage fuhr ich hier hoch, wanderte zum Bachsturz und wartete. Ich wusste, irgendetwas stimmte nicht. Und am vierten Tag sah ich sie.»

«Sie? Eine Frau?» Es gelang mir nicht, mein Erstaunen zu verbergen. Auch wenn er nicht den Anschein machte, als wolle er mir eine Lüge auftischen.

«Der Wetterdienst hatte ein Gewitter gemeldet. Dunkle Wolken hingen schon am Himmel. Wind kam auf. Ich sass auf einem Stein hinter dem Bachsturz und wollte bereits gehen, als ich ein Lachen hörte. Zuerst konnte ich es kaum vom Wind unterscheiden. Ich ging ein paar Schritte weiter in den Wald hinein und da war sie. ... Ich schwöre beim Grab meiner Grosseltern, sie sass auf einer Bergtanne. Ihre Arme ausgebreitet, über den Schultern, ebenfalls ausgebreitet, eine Art Mantel, womit sie die ersten Regentropfen auffing. Sie lachte. Und sie schrie – lauter als jede Krähe. ... Der Regen wurde stärker. Ich erkannte, wie sie sich an einem Felsvorsprung zu schaffen machte. Eine Irre, dachte ich nicht ohne Angst. Ich wollte mich endgültig auf den Rückweg machen, drehte ab, blieb aber mit der Regenjacke an einem Ast hängen. Das war ein Fehler.»

«Sie hat sie gesehen?»

«Ja. Ich hatte wirklich keine Lust, mich mit einer Verrückten abzugeben, also hastete ich zurück auf den Wanderweg Richtung Fruttli, doch vergebens. In Windeseile war sie hinter mir. Sie sprach kein Wort, legte mir bloss ihre Hand auf die Schulter, ich drehte mich um – und da war ihr Gesicht.»

«Und?»

Der Bärtige nahm einen Schluck Bier. Er hatte jetzt meine vollkommene Aufmerksamkeit. Doch als er endlich weitersprach, zeigte sein Gesicht eine sonderbare Scham.

«Sie war wunderschön. Ein vollkommenes Gesicht, ich kann es nicht anders beschreiben, tut mir leid.»

«Und dann?»

Seine Miene verfinsterte sich.

«Dann stiess sie mich vom Weg, diese Hexe! Und zwar mit einer ungeahnten Kraft. Ich fiel durch ein Gebüsch, rollte zwischen jungen Tannen hindurch – als würde ich von einem Windstoss geschoben, bis ich schliesslich über den Felsvorsprung rutschte.»

«Sie stürzten ab?»

«Nein. Im letzten Moment hielt ich mich an einer Wurzel fest und konnte mich hochziehen. Ich sah sie nicht mehr. Seither lässt mir dieses Weib keine Ruhe. Jeder Gedanke an sie sticht, verstehen sie das?» Er verschränkte die Arme vor seinem Poloshirt.

«Zugegeben, ich bin ratlos. Haben sie den Zwischenfall gemeldet?»

Er sah mich gekränkt an.

«Sie glauben mir nicht, oder? Andererseits kann ich es Ihnen nicht übel nehmen.»

«Sie müssen zugeben, dass die Sache etwas seltsam klingt.»

«Das weiss ich selber. Aber es gibt noch mehr.» Jetzt legte er seine Unterarme auf den Tisch und sah mir in die Augen.

«Vier Tage nach diesem Zwischenfall kam ich nicht zur Ruhe, hatte schlaflose Nächte, meine Neugier quälte mich. Also nahm ich mir den Nachmittag frei und wanderte einmal mehr zum Bachsturz. Ich suchte den Ort, wo die Frau am Fels hochgeklettert war. Ich fand die Stelle, nur war sie jetzt ziemlich verändert. Das Unwetter hatte ganze Arbeit geleistet. Ein Stück des Felsvorsprungs war verschwunden, das Wasser hatte offenbar einen Felssturz ausgelöst. Vorsichtig stieg ich zum oberen Ende der Abbruchstelle und – ja.»

Hier stockte er mit seinem Bericht, als wäre ihm die Sache unangenehm.

«Was war da?»

«In einer Gesteinsspalte. Sie haben geglänzt, sonst hätte ich sie gar nicht entdeckt. Sie steckten einfach da, sauber aufgereiht. Als hätten sie den Riss im Fels verursacht. Das ist doch kein Zufall.» Jetzt öffnete er seine rechte Faust, und der Fund kam zum Vorschein: Drei Stecknadeln. Der Bärtige sah mich unsicher an. Sein Ausdruck hatte nun etwas von einem Schuljungen.

«Drei Nadeln. Im Fels.» Als Ablenkung griff er hastig zum Bier.

«Das macht doch alles keinen Sinn», flüsterte er. Dabei starrte er aus dem Fenster. Es war deutlich, dass er seine Geschichte beendet hatte.

«Und was tun sie jetzt?»

Der Bärtige sah mich an, als sei er über meine Frage erstaunt.

«Was wohl? Ich warte auf das nächste Unwetter.»

Mein erster Berg

Erich Langjahr

Der Regisseur und Filmautor Erich Langjahr veröffentlichte 2012 mit dem Dokumentarfilm «Mein erster Berg» eine Rückkehr zu seinen eigenen Wurzeln. Die vorliegende literarische Zusammenstellung von Berichten und Interviews nahm der Herausgeber vor.

Über dem Zugersee ragte die Rigi auf. Manchmal schien sie ganz nah, dann wieder weit weg. War sie zum Greifen nah, sagte Vater: «Es isch föhnig. Gsesch d' Wolkefisch bim Kulm?» Beim Kulm? Was war der Kulm? Vater belehrte mich, es sei der höchste Gipfel der Rigi-Kette. Kulm war also die oberste Bergkuppe. Manchmal verschwand sie in den Wolken, blieb geheimnisvoll verborgen. Aber ich sah sie dennoch. Die Bergkuppe hatte sich in mir sanft eingeprägt. Je öfter ich auf die Rigi blickte, desto mehr wuchs sie in mich hinein und löste den kindlichen Wunsch aus, auf den Berg zu steigen oder zu fahren. Eines Tages sagte Vater: «Wir fahren nach Arth-Goldau und mit der Bahn auf den Berg.» Ein Jauchzen durchströmte mich. Ich dachte, wenn ich von unserem Wohnhaus oder vom Seeufer aus die Rigi sehe, dann werde ich auch von oben unser Haus im Häusermeer von Zug finden. Vater hatte einen Feldstecher. Mich musste die Aussicht bezaubert haben. Es war mein erster Berg, und von seiner Kuppe aus wanderte ich mit Vater nach Staffel und Rigi Kaltbad.

Oft stieg ich später auf die Rigi, blickte vom Kulm auf die mäandernden Wanderwege, schritt sie ab und betrachtete, wie die Bahnen Touristen in grosser Zahl von Vitznau und Arth-Goldau auf den Berg schafften. Sahen sie die grandiose Bergwelt, die sich vor ihnen ausbreitete? Erkannten sie die Poesie dieses Berges, das Weiche und Sanfte, und gleich daneben der Gegensatz der abstürzenden Felswände und der Rigi-Falten? Mit der Bahn hinauf, ein paar Schritte, zu Fuss nach unten und wieder eine Talfahrt. Das konnte keinen allzu tiefen Eindruck hinterlassen. So fuhren viele Touristen auch auf das Stanserhorn oder auf den Pilatus.

Ich erkannte rasch, dass sich auf der Rigi zwei Welten begegnen, Stadt und Land. Betrieb und stille Arbeit der Menschen in den Hotels und auf den Alpen. Mich begann dieser Gegensatz zu faszinieren. Einmal, sagte ich mir, würde ich einen Film drehen, der diese Welten zusammenbringt und die Unterschiede ins Bild setzt. Die Urbanisierung des ländlichen Raums behauptete sich immer mehr, während das Land zu verlieren drohte. Ich war in der Stadt Zug aufgewachsen, hatte aber wie viele Städter eine starke ländliche Seite in mir. War es, als ich den Film drehte, eine Art Kompensation? Musste der Berg in mir seine vielfältige Sprache finden?

Ich näherte mich über Filme wie «Das Erbe der Bergler», «Hirtenreise ins dritte Jahrtausend» oder «Sennen-Ballade» allmählich dem Berg, der in mir schlummerte. Irgendwie hörte ich den Ruf des Berges und ich versprach, einen poetischen Film zu schaffen, der näher beim Musikalischen, Dichterischen und Malerischen war als bei der lauten Aktion. Er sollte den Zuschauer ähnlich stimmen, wie ich von Kind an gestimmt worden war. Darum durfte es kein Film werden, in dem viel geredet wurde. Mein Vater war ein stiller Mann. Lautes Reden und nervöses Fotografieren bleibt den Touristen vorbehalten.

Der Berg hat auch eine andere Seite als die touristische. Seine sanften Formen und die einladenden Wanderwege mit der Aussicht in eine stumme Bergwelt, die Arbeit der Menschen abseits der Touristenwege – all dies sollte in meinem Film-Porträt geschildert werden. Verhalten auch die Musik, die ich von Hans Kennel erbat. Er war mit der Rigi seit den Kindertagen vertraut, trieb er doch selber Vieh von Goldau auf den Berg. So klingt seine Musik ebenso aus tieferen Schichten des Erlebens, wie die Filmbilder des Berges aus den meinen kommen.

Durch einen der Protagonisten des Films, Märtel Schindler, der schon mehr als 20 Jahre das Vieh auf der Rigi sömmert, versuchte ich jenen Gegensatz zwischen der stillen, selbstverständlichen Arbeit und der Betriebsamkeit zu schildern. Die Kamera blickt in das Gesicht dieses Mannes, der die Grenzpflöcke für die Abhagung des Viehs mit dem Schlaghammer in die Erde treibt. Sein Gesicht wird dabei zu einer Art Metapher für den Menschen, der die Last des Lebens trägt. Aber mich interessierte daneben auch die tätige Hand, der Handgriff am Gegenstand, der darstellt, wie etwas beim Bearbeiten entsteht und wie es unter dem geübten und gewohnten Blick des Fachmanns zusammengeführt wird. Ich suchte den Ausdruck des einfachen Menschen, der es für selbstverständlich hält, zu arbeiten. In Märtel Schindler offenbart sich zudem ein schlichtes Naturverständnis, frei von Pathos und Überhöhung. Der Berg ist einfach da. Die Bilder bedürfen keiner Beredung, keines Kommentars. Vielleicht, dachte ich, kann ich mit ihm und anderen Protagonisten Empfindungen wecken, damit die Zuschauer erkennen, dass die Arbeit in der Berglandschaft wichtig ist, weil sie mit ihr vor der Vergandung und Verödung bewahrt werden soll.

Fünf Jahre lang zog die Filmarbeit mich und meine Partnerin Silvia Haselbeck auf den Berg, dessen Individualität wir beide noch einmal neu und tiefer kennen lernten. Nun habe ich im Filmporträt eine eigene Gestalt der Rigi wiedergegeben. Ich habe eine filmische Entdeckungsreise hinter mir. Von der Bergkuppe aus gelangte ich an die Ränder unserer Gesellschaft, an denen sich das Archaische und Einfache findet und sich vermischt mit der modernen Welt. Ich erlebte, wie ich schwankend auf einem Brett an der steilen Felswand über Vitznau abgeseilt wurde, um das grosse, jeweils um den 1. August herum über den Vierwaldstättersee hinaus leuchtende Schweizerkreuz ins Bild zu bringen.

Vielleicht sucht der moderne Mensch in den Bergen eine Erfahrung, damit er sieht, wo seine Grenzen sind und zugleich erfährt, wie gefährlich das Leben sein kann. Das kindliche Bild der Rigi war idyllisch, aber am Berg konnte ich auch abstürzen. Der grosse Gewinn meiner Erkundung der Rigi in all ihren Facetten war zugleich eine vertiefte Erkenntnis der eigenen Identität. Ich fühlte mich auf dem Berg wie zu Hause und glaubte, weitergeben zu müssen, was unsere Innerschweizer Heimat so unverwechselbar macht. In diesem Sinne ist «Mein erster Berg» unprätentiös und ohne Pathos auch ein Heimatfilm.

Mein erster Berg, Dokumentarfilm, 2012.
Regie, Kamera und Schnitt Erich Langjahr. Ton Silvia Haselbeck. Musik: Hans Kennel mit Betty Legler, Andreas Ambühl, Hans Hassler, Marc Unternährer und andere. 97 Minuten. DCP 16:9. Schweizerdeutsch; Untertitel auf dt., engl. und frz. Produktion, Rechte und Verleih: Langjahr-Film GmbH, Root. Als DVD erhältlich.

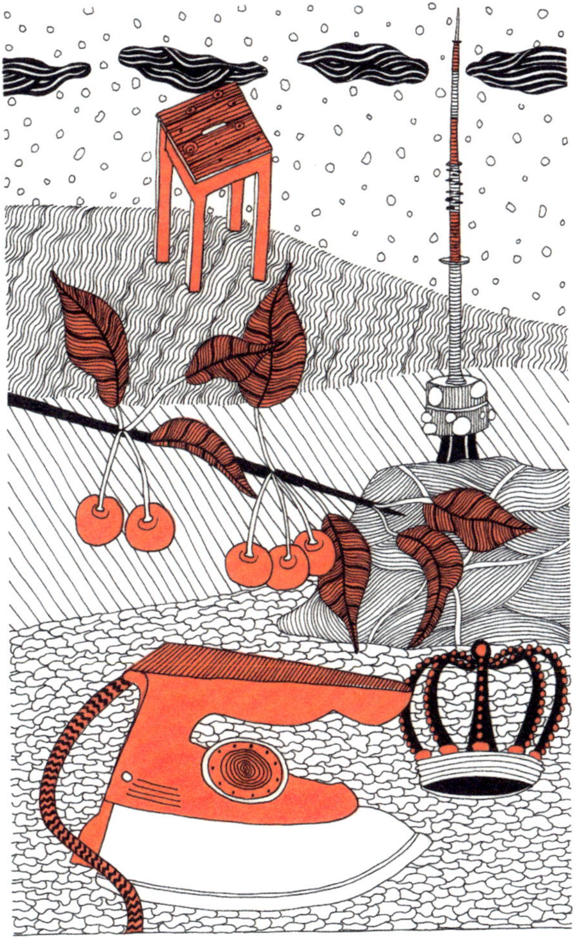

Taburettli · Chriesi · Glettiise

«Denn die Berge der Urkantone leben miteinander in hartem Daseinskampf, und besonders der Pilatus hat sich scharf zu wehren gegen das Stanser Horn und gegen den kleineren Bruder Rigi, der schon durch die dichte Bepflanzung mit Hotels seine wirtschaftliche Überlegenheit zu erkennen gibt. Es ist natürlich nicht angebracht, betreffs der Aussichten Reiz gegen Reiz zu wägen; erwiesen ist nur, dass der Rigi als anziehendes Objekt ein Kraftfeld mit stärkerem Potential aussendet als sonst ein Berg in Europa.»

Alexander Moszkowski

Aus: A. Moszkowski, *Das Panorama meines Lebens.* F. Fontane & Co., Berlin 1925.

Schweizerfahrten: Rigi

Ernst Kossak

[...] Lange führt der Felspfad durch schönes Buschwerk und Laubholz, das rings die lieblichen und fruchtbaren Gärten der Ortschaften am Seeufer gegen die kahlen Terrassen der höhern Gegenden des Rigi abgrenzt. Zahlreiche Öffnungen in dem Ast- und Blätterwerk gestatten aber die anziehendsten Durchblicke auf die ganze Gegend und den lieblichgrünen Vierwaldstättersee. Trotz der ausserordentlichen Wärme des Tages vermochte ich mich an diesen grossen magischen Augen des Gewässers, die durch den schattigen Waldrahmen träumerisch emporblickten, nicht satt zu sehen und widmete nur zuweilen meinem Rozinante einige Augenblicke, um ihm mit einem Zweige die lästigen Stechfliegen abzuwehren, obwol ausdrücklich oben in der St. Michaelskapelle auf einer Tafel bemerkt ist, «dass dieser königliche Berg von Gott dem Allmächtigen mit der Freyheit begabt sei, dass darauf kein Ungezyffer noch vergifftig Thier zu finden».

Der arme Gaul fühlte sich vollständig pensionsberechtigt, trug aber seine Last so gelassen wie ein vielduldender Kanzleirath. Der alte Schweizer trottete ruhig neben uns bergan und wusste trotz der Anstrengungen des Marsches noch allerlei Lehrreiches und Unterhaltendes zu erzählen, das ich leider in Abwesenheit eines Dolmetschers nicht zu geniessen vermochte.

Wir waren noch nicht sonderlich weit gekommen, als wir schon heimkehrende Reisende trafen, und die ganze Strecke bis zum sogenannten Kaltbad trug den Charakter einer vielbesuchten, beliebten Promenade an sich, deren oberes Ende irgendein mächtiger Zauberer aus Muthwillen um 4000 Fuss erhöht hat. Der merkwürdigste Gegenstand auf dieser Laufbahn war eine kleine vermagerte Dame, die, rückwärts in einem Tragsessel lehnend, von vier herculischen Kerlen *mühsam* bergab getragen wurde. Das beklagenswerthe Persönchen mochte mit ihrem ausgedörrten Knicker und einem winzigen Pompadour höchstens 70–80 Pfund wiegen, nichtsdestoweniger waren vier Athleten für nothwendig erachtet worden, diese zarte Perle Altenglands nach Wäggis zu schaffen. Den Gipfel der Lächerlichkeit erreichte die Scene aber durch die sichtliche Einbildung der guten alten Jungfer, wirklich so überaus schwer zu sein. Auf der Ruhestation, wo wir zusammen verweilten, beklagte sie sich gegen ihren Begleiter, einen riesenartigen, braunen Engländer, dass sie die Träger von ganzem Herzen bedaure, ihnen so lästig zu fallen. Die republikanischen Enackssöhne aber lagen eine Strecke weiter hinter einem Felsstück, thaten als ob sie den Schweiss von den Stirnen wischten, und lachten. Es spricht unstreitig für die gänzliche Unfähigkeit der biedern Helvetier, sich auf hinterlistige Weise zu verstellen, wenn man mit hoher Befriedigung entdeckt, dass sie dem von ihnen geprellten Fremden offen in das Gesicht lachen.

In gemüthlicher Erhebung über dieses abermalige glänzende Beispiel der Rechtlichkeit, das mich an die bescheidenen und unermüdlichen Träger im schlesischen Riesengebirge erinnerte, wo zwei Männer für einen geringern Tagelohn, als die Rigiträger für zwei bis drei Stunden erhalten, schwere Personen vom frühen Morgen bis an den späten Abend umherschleppen, zogen wir weiter, passirten die Kapelle, das seltsame Felsenthor, und gelangten endlich aus der Waldregion auf die Alp und an das oftgenannte Rigi-Kaltbad. Da es etwa 6 1/2 Uhr Abends, also gerade die geeignete

Promenadezeit war, und mir von verschiedenen Seiten schon in Interlaken gesagt worden war, dass Rigi-Kaltbad an Eleganz seiner Besucher den ersten Rang in der Schweiz einnehme, näherte ich mich diesem Centrum der republikanischen Eleganz nicht ohne Herzklopfen, und mein offenbar sehr demüthiger Aufzug flösste mir schon vorher einen geheimen Schrecken vor den Notabilitäten des Kaltbades ein. Sobald ich mich jedoch der berühmten Kaltwasserheilanstalt näherte, wuchs wieder mein Muth, und bald fühlte ich mich ebenso heroisch gestimmt als mein Vorfahr zu Ross im Angesicht der berühmten Windmühlen. Das gefürchtete Kaltbad löste sich in ein ziemlich unbedeutendes Gebäude auf, das durch allerlei Hecken, Zäune und Nebenbaulichkeiten von weitem ein gewisses Ansehen erhielt. Auf der Promenade, welche sich am schattenlosen Bergabhang die Höhe hinan erstreckte, spazierten nur einige längst aus der Mode gerathene Frauenzimmer mit seltsam grossen Füssen, und ein paar Jungen, die auf einem Zaune ritten, beschauten mich durch ein zerbrochenes Taschenperspectiv. Diese elegante Welt verletzte weiter nicht die Reste meines Eigendünkels, vielmehr wuchs mein Selbstvertrauen, und mein stolpernder Rozinante erschien meinen Augen wie der stattliche Babieça des Cid. Zwei Herren, die ich an den offenen Fenstern ihrer Wohnstuben erblickte, erregten sogar meine herzliche Theilnahme. Der Jüngere von Beiden hielt nämlich ein Paar schwarze Beinkleider prüfend in die röthliche Abendsonne und liess die freundlichen Strahlen durch einen Riss fallen, den zu heilen in dieser Alpenhöhe keine Schneidernadel kühn und gewandt genug war. Auf dem Antlitz des Unglücklichen lag die hoffnungsloseste Schwermuth in einen dichten Knäuel zusammengeballt; er schien zu überlegen, ob er, gleich dem Könige von Thule, sein Kleinod in den See werfen und dann sterben, oder ohne Beinkleider die Last des Lebens noch länger ertragen solle. Der ältere Herr stimmte mich vielleicht noch mehr zum Mitleid: er rasirte sich nämlich. Ein Mensch, der sich Abends kurz vor Schlafengehen ohne erklärlichen Grund den Bart abnimmt, erschüttert meine Seele ebenso sehr wie ein gesundes Subject, das sich bei klarem Wetter Vormittags zu Bette legt. Abendliches Rasiren setzt eine schreckenerregende Zerfallenheit mit den gutmüthigen und regelrechten Gebräuchen der Menschen voraus, ein bedrohliches Hinneigen zum Dämonismus, es erinnert, als ein muthwilliges Spiel mit

Bartstoppeln, Seifenschaum und scharfem Stahl, so auffallend an den Act des Halsabschneidens, verhöhnt so spöttisch die liebliche Ordnung des Tages und verdächtigt den Ort, wo es geschieht, durch so viele diabolische Vermuthungen auf wochenlangen Mismuth, elenden Kaffee, Wanzen, nasse Wände, schlecht geputzte Stiefeln, Mangel an Büchern, und Suppe mit Zwiebelstreifen, dass meine Kraft, den Anblick des sich zu Nacht rasirenden Herrn zu ertragen, nicht ausreichte, und ich schaudernd ohne anzuhalten weiterritt.

Kaum hatte ich 100 Schritte hinter dem Kaltbade zurückgelegt, als mir der Nachmittags ausgesandte Junge entgegenkam und mir anzeigte, dass auf dem Rigikulm nicht mehr der geringste Raum vorhanden sei, dass er aber auf der etwa eine halbe Stunde unter dem Gipfel gelegenen Rigistaffel das letzte kleine Zimmer für mich belegt habe. Er erhielt hierauf seinen Franc und verschwand nach Landessitte, diesmal in einer tiefen Bodenfurche, da sich kein beachtenswerther und geeigneter Abgrund in der Nähe befand.

Etwa noch ein Stündchen stolperten wir über ein leidlich steiles Terrain und erreichten dann um 7 1/2 Uhr Rigistaffel, wo mein Ohr, noch ehe ich den Sattel verlassen hatte, durch den weichen ionischen Dialekt der Spandauerstrasse erquickt wurde. Eine ansehnliche Gesellschaft von Engroisten und ihren Reisecommis hatte von Basel aus die Geschäftsreise unterbrochen, und einen Vergnügungsabstecher nach Luzern und dem Rigi gemacht; sie erwartete jetzt den Sonnenuntergang mit der Ruhe von Philosophen, welche wissen, dass in wenigen Augenblicken der Laden zugemacht werden muss. Leider liess sich die Natur heute auf nichts ein; so schön der Tag gewesen war, so trübe endete der Abend. Ein rothgrauer Nebel stieg im Westen auf und verschleierte die Hälfte des Horizonts; um den Sonnenuntergang waren wir gekommen, und die Engroisten rächten sich durch höchst anzügliche Witze an der Natur. In Ermangelung poetischerer Dinge betrachtete ich daher den Ort und die menschliche Staffage desselben mit desto gewissenhafterer Genauigkeit und prägte das Ergebniss meinem Gedächtniss fest ein. Das Wirthshaus von Rigistaffel war bis unter das Dach mit Reisenden angefüllt, und noch fortwährend kamen ganze Züge an, die ohne weiteres zuerst im Pferdestall, dann im Kuhstall untergebracht wurden; die Letztangekommenen waren daher sichtlich erfreut, dass auf Rigistaffel die Schweinezucht noch nicht festen Fuss gefasst hat. Da viele Touristen ihre Pferde nur zum Hinaufreiten gemiethet hatten, so eilten die Knechte in der Dämmerung wieder nach Hause, und die langen Züge der im Dunkel rasch verschwindenden Pferde machten auf mich den unheimlichen Eindruck geschlagener und fliehender Schwadronen. Schätzte man die Anzahl der vor der Thür stehenden Touristen, Kuriere, Führer, Diener und Jungen ab, so begriff man schlechterdings nicht, wo diese Menschenmenge die Nacht zubringen wollte. In dem weiten und niedrigen Speisesaal wurde eine ungeheure Tafel gedeckt und die Couverts alle 10 Minuten enger aneinandergerückt, zuletzt noch gar hart an der Thür ein Trompeter- oder Katzentisch arrangirt, an dem später acht junge, sehr lebhafte Herren Platz nahmen. Nachdem sich das Charivari von Koffern, Absätzen und Stimmen einigermassen gelegt hatte, wurde das Zeichen zum Souper gegeben. Meine geistigen Fähigkeiten waren aber in diesem Augenblick schon soweit niedergetrampelt worden, dass ich nicht mehr mit Bestimmtheit anzugeben vermag, ob geläutet, gebrüllt oder einfach vom Wirth ein Reisender beim Kragen ergriffen und mit seinem Leichnam zum Signal gegen die Holzwand geschlagen wurde. Als ich wieder zu mir kam, sass ich neben einem medicinischen wiener Professor, der mit seiner viel zu jungen Frau diese Nacht im Kuhstall wohnen sollte und sich bei mir erkundigte, welche Weinsorte man auf der Karte wol auswählen sollte? Ich unterdrückte meine bittern Thränen über diese Frage eines kindlich reinen Gemüths und wies ihn an das uns gegenübersitzende Reisephänomen, das mit seinem Nachkommen wirklich angelangt war. Der Engländer verstand aber schlechterdings nicht den wiener Dialekt und sagte nur mit tröstendem Tone: «O, ein sehr gutes Haus, Rigistaffel, yes, ich bin schon oft hier gewesen, ein sehr gutes Haus, yes, sehr gut!»

Der Wiener fügte sich also in sein Schicksal und wählte auf das Gerathewohl unter den sämmtlich ungeniessbaren Rebensäften einen Fünffrancskrätzer aus. Die Rigitour schien des guten alten Jungen erste grössere Reise vorzustellen, und er mochte bis dahin höchstens nach dem Kahlenberg und Baden gekommen sein. Nie sah ich ein anziehenderes jungfräuliches Entsetzen wie das meines Professors, als die nach Landessitte zubereitete, eine Suppe vorstellende, salzige Schnittlauchjauche auf dem Tisch erschien, als er das grobe dürre Brot, das derbe ungestossene Steinsalz erblickte. Mehlspeise, gebackene Hähndl, Rehrücken – wo waret ihr? – Gehen wir aber zu allgemeinen Betrachtungen über. Eine mehrwöchentliche Erfahrung hatte mich belehrt, dass bei jeder Schweizermahlzeit das zweite Gericht durch eine grosse Schüssel ungeschälter Kartoffeln mit Butter und Salz gebildet wird. Nun war es ausserordentlich interessant, unter den Gästen die eben in die Schweiz kommenden und die über den Rigi abreisenden mittels dieser Kartoffelschüsseln zu unterscheiden. Die Ankömmlinge verschmähten theils mit einem vornehmen Lächeln die Bauernkost, theils naschten sie ein wenig davon, mehr um der frischen Butter als der leidigen harten Erdäpfel willen; die Abreisenden dagegen arbeiteten grosse Stollen in das Kartoffelgebirge und fristeten auf eine rechtschaffene, aber freilich sehr mühsame Weise ihr armes Leben, weil sie zu gut wussten, wie wenig der Schweizer für 3 Francs verabreicht. Ich wäre auch nach dieser Kartoffelschwelgerei gleich von Tisch aufgebrochen, wenn mich nicht die auffallende Heiterkeit der jungen Leute hinter uns an dem Trompetertisch, und dann eine seltsam vulkanisch angebrannte Versteinerung, die für »Ziegenbraten« ausgegeben wurde, noch ein Stündchen gefesselt hätte. Die

Jünglinge hatten sich in der Freude ihres Herzens Champagner geben lassen und fanden ihn so urschlecht und grunderbärmlich, dass sie sich gar nicht beruhigen konnten, sondern noch mehrere andere Sorten Sect bringen liessen und damit ihre Führer tractirten. Der Umstand, dass die Champagner immer nichtsnutziger und die Führer dessenungeachtet immer vergnügter wurden, reizte die reichen hübschen Bursche zu einem so anhaltenden frischen Gelächter, dass ich es noch oft in meinen Träumen hören werde.

Plötzlich entstand eine sonderbare Unruhe in der zahlreichen Gesellschaft, alte Herren führen sentimentale junge Damen rasch an das Fenster und öffnen die Flügel – Seekrankheit? – nein, nur der Vollmond! Er geht gluthroth im Osten auf und blickt kalt und verächtlich auf die verfallenen Kuppen Helvetiens. Man hat sich auch sehr bald an ihm satt gesehen und schliesst die Fenster, während ich vondannen schleiche, meinem Pferdebändiger den Auftrag gebe, vor Tagesanbruch zu satteln, und mich ruhig zu Bette lege.

Veröffentlicht 1858

«Uns trieb der Sturm hinab, – allein man kann doch in wenigen Minuten viel umfassen, wenn man seine Geisteskraft zu concentrieren weiss, und von der unumfassbaren Fülle des Details hinweg auf das zu heften, welches jedesmahl das grösste und hier einzig sichtbare ist. Männer lernen durch Erziehung und Geschäftsgang dies öfter; allein wir Frauen, deren ganzes Leben oft Detail ist, und die der Männerstolz so gern dahineinbannte, gewinnen seltner Raum, diese wichtige Kunst zu lernen. [...] Ich fand sie während meines Rigiaufenthalts an jedem Morgen und Abend bestätigt, während der glücklichen Zeit, in der meine trunkenen und niegesättigten Blicke an diesen hohen Urgestalten hingen.»

Friederike Brun

Friederike Brun, geb. Münter, weilte 1795 mit ihren Kindern neun Tage «im Gipfelthal des hohen Rigi». Davon berichtet sie ausführlich im *Tagebuch einer Reise durch die östliche, südliche und italienische Schweiz*, Friedrich Brummer, Kopenhagen 1800.

Reisebrief

Felix Mendelssohn Bartholdy

Rigikulm, den 30. August 1831.

Ich bin auf dem Rigi, weiter braucht' ich nichts zu sagen, denn Ihr kennt den Berg. Wenn es nur nicht Alles so unbegreiflich schön wäre! –

Heut früh ging ich von Luzern weg; alle Berge waren verhängt; die Wetterkundigen prophezeiten schlecht Wetter; da ich aber bis jetzt immer gefunden habe, dass das Gegentheil von dem eintraf, was die Kundigen sagten, so habe ich mir meine eigenen Symptome ausgesucht, und bisher damit eben so falsch prophezeit, wie die Anderen. Heut früh aber gefiel mir das Wetter nicht übel, und da ich doch nicht gerade hinaufgehen wollte, während Alles verhängt war, (denn durch Faulhorn wird man klug,) so schlich ich den ganzen Morgen am Fuss des Rigi umher, und guckte hinauf, ob es nicht klar werden wollte. Endlich um 12 Uhr, in Küssnacht, stand ich auf dem Scheidewege, rechts nach dem Rigi, links nach Immensee, entschloss mich den Rigi diesmal nicht zu sehen, nahm gerührt Abschied, ging durch die hohle Gasse nach dem Zuger See, am Wasser hin, auf einem allerliebsten Wege, nach Art, schielte aber immer noch gegen den Rigikulm hin, ob er nicht klar werden wollte. Und während ich in Art zu Mittag ass, wurde er klar; der Wind war sehr gut; die Wolken hoben sich von allen Seiten; ich entschloss mich, und ging hinauf. Aber es war keine Zeit zu verlieren, wenn ich den Sonnenuntergang sehen wollte; ich ging also tüchtigen Bergschritt, und war in 2 3/4 Stunden auf dem Kulm, am wohlbekannten Hause. Da sah ich oben gegen 40 Menschen stehen, mit aufgehobenen Händen, bewundernd, zeigend, in der lebhaftesten Bewegung. Ich lief hinauf; es gab da wieder ein neues wunderbares Schauspiel; in den Thälern war alles voll Nebel und Wolken, und darüber sahen hohe Schneegebirge, und die Gletscher mit den schwarzen Felsen, rein und klar hervor. Die Nebel zogen weiter, – verdeckten einen Theil; da kamen die Berner Gebirge, Jungfrau, Mönch, Finsteraarhorn heraus; dann der Titlis und die Unterwaldener; zuletzt stand die ganze Kette klar neben einander; nun fingen auch in den Thälern die Wolken zu zerreissen an; man sah die See'n,

Luzern, Zug, und gegen Sonnenuntergang lagen nur noch dünne helle Nebelstreifen auf der Landschaft. Wenn man so aus den Bergen kommt, und dann nach dem Rigi sieht, – das ist, als käme am Ende der Oper die Ouvertüre, und andere Stücke wieder; alle die Stellen wo man so Himmlisches sah: die Wengernalp, die Wetterhörner, das Engelberger Thal sieht man hier noch einmal neben einander liegen, und kann Abschied nehmen. Ich dachte es könne nur das erstemal, durch die Überraschung, wenn man die Gletscher noch nicht kennt, so grosse Wirkung machen; aber sie ist fast noch grösser am Ende.

Büebel · Böllä · Beckäli

Luftbild

Gertrud Leutenegger

Unbewegt, opakes Schweigen, ruht auf dem Grund der Erzählungen meiner Mutter ein weisser Ball und durchstrahlt dennoch, je nach Lichtdurchlässigkeit, die ihn überdeckenden Ereignisse. Sie selbst muss noch klein gewesen sein, auf jenem nächtlichen Gang auf die Rigi, ihr Vater habe sie weitaus die grösste Zeit in den Armen tragen müssen, müde wie sie war zu so später Stunde, ungewohnt an derartige Anstrengungen mitten in der Nacht, und warum hatten sie den Aufstieg erst bei Einbruch der Dunkelheit begonnen? Der Hitze, des Sonnenaufgangs, einer ihr vorenthaltenen Dringlichkeit wegen? Schwärze sickerte zwischen die bis vor kurzem noch voneinander unterscheidbaren Bäume, verschluckte das ausgefranste Gras der Wiesen, du musst fest die Augen öffnen, sagte der Vater, dann siehst du in der Nacht wie am Tag, aber Erschöpfung überwältigte sie, der Aufstieg schien endlos und die Rigi sich unerreichbar in den Nachthimmel hinein zu verlängern; zweideutig mutete sie auch die Tröstung an, die Mutter würde vor der letzten Steigung ihnen entgegenkommen und sich mit einem Jauchzer zu erkennen geben, als könnten noch andere Mütter im Dunkeln unterwegs sein und sich an die Stelle der richtigen setzen, oder auch als wäre die Wiedervereinigung gefährdet, wenn sie von einem so spät nach Mitternacht, sozusagen zur Unzeit, ja, fast frevelhaft in die Nachtstille hinausgestossenen Jauchzer abhinge. Und wenn es ihrer Mutter nicht gelänge, ihre Stimme zu einem so fanfarenmässigen Zeichen zu erheben? Warum weilte sie schon so lange auf der Rigi, was musste man sich unter Rekonvaleszenz vorstellen? Meine Mutter liess sich schwerer und schwerer in die Vaterarme sinken, öffnete nur noch ab und zu spaltweise ein Augenlid, so dass sie ganz unvorbereitet etwas traf, was nichts mit dem schläfrig erwarteten Jauchzer zu tun hatte, sondern wie das Signal aus einem anderen, fremdartig aufwühlenden Seinszustand in die Finsternis einbrach. Nur silhouettenartig erkennbar erhob sich ein hoher Gebäudekomplex, in unmittelbarer Nähe niedrige Mauern, die wohl einen Hotelgarten umschlossen, in dem in vollkommener Ruhe und Einsamkeit ein weisser Ball lag. Ein Ball, so gross, von einem so aufschreckenden Weiss, wie meine Mutter noch nie einen gesehen hatte. Ein heftiges Verlangen nach dem offensichtlich vergessenen und der Nacht preisgegebenen Ball ergriff sie, während zugleich von seiner bleich leuchtenden Erscheinungsform eine Art Lähmung auf sie überging. So liess sie sich willenlos von den Vaterarmen weitertragen, jetzt nur noch geschwächter nach dieser Begegnung, die sich stumm und lautlos ereignet hatte; tatsächlich musste sie bald darauf fest eingeschlafen sein, denn nichts war meiner Mutter von dieser nächtlichen Rigireise weiter erinnerlich als dieser ihr noch später wie verwunschen vorkommende Ball. Ob seine Reglosigkeit in ihren Erzählungen mich reizte? Etwas trieb mich, gegen ihn Widerspruch einzulegen, ihn ins Rollen zu bringen. Der weisse Ball wurde zur Grundierung, zur Vorbedingung für einen anderen Gegenstand, dieser aber nun grell aufblitzend zwischen der Buchshecke, dem Lorbeer, dem Liguster, die unseren Garten, als Fortsetzung der südlichen Mauer, von der Aussenwelt abtrennten. Jeden Morgen musste ich die kleine weisse Gartentür passieren, um hinaus auf die Strasse, die Brücke, den weiteren Schulweg zu gelangen. Es war ein merkwürdig kleines Tor, der

Grösse des Gartens keineswegs angemessen, ein Spielzeug beinahe, eine nicht abreissende Einladung, mich an ihm zu erproben. Gründe gab es genug. Entweder die zu oft wiederholte Ermahnung, nach der Schule mich auf meinen unergründlichen Umwegen nicht derart zu verspäten, oder die Feststellung, ich trage mit meinen Schuhsohlen halbe Wiesen ins Haus, bis hin zu den beissenden Wollunterhöschen, die es wegen eines einzigen Nebelstreifs anzuziehen galt. Früh am Tag war ich leicht entflammbar, auch hatte es etwas Lustvolles, den Zorn so lodern zu lassen, es gab den verschwommenen Morgenstunden eine Kontur. Ohne mich zu verabschieden, warf ich erst einmal mit schwungvoller Wut die Haustür zu, die, schwer und massiv wie sie war, sich weit vernehmlich und definitiv hinter mir schloss. Immer noch in Rage, ging ich anschliessend geradeaus der Buchshecke entgegen und schleuderte, wie eine Synkope auf den Knall der Haustür, auch das Gartentörchen wuchtig zu. Diese kleine weisse Gartentür aber hatte ihre Tücken. Sie war imstande, den sich bereits beruhigenden Rhythmus meines Wutanfalls empfindlich zu stören. Sofort beim Hinaustreten auf die Strasse merkte ich, dass etwas nicht stimmte. Hinter meinem

Rücken ging etwas vor, das nicht mehr in meiner Absicht lag. Ich hörte zwar kurz das Einschnappen des Törchens, aber danach ein pfeifendes Geräusch, ein Girren, Knarren. Erst ein paar Platanen weiter, schon bei der Brücke angelangt, wagte ich mich umzusehen. Die kleine weisse Gartentür schwang weit auf die Strasse hinaus: ausgeklinkt von meinem Zorn. Ungerührt wollte ich weiterlaufen. Aber die Irritation war zu gebieterisch. Das Gartentörchen schwang hin und her, irgendwie gelang es ihm nicht, wieder selbstständig einzuschnappen, und erhielt bei jedem Zurückpendeln einen neuen Stoss, federnd schwang es immer von neuem zwischen der Buchshecke hervor, und tat es dies höhnisch, aus reinem Vorwitz, oder wollte es mich spielerisch besänftigen? Ich konnte mich vom Anblick der kleinen Gartentür, die wie von einer Schaukelbewegung erfasst war, nicht mehr lösen. Wollte das Gartentörchen vielleicht einpendeln, was ich aus dem Lot gebracht hatte? Aber um diese Gegensatzschwingung zur Ruhe zu bringen, bedurfte es nochmals meiner Hand. Ich lief unter den Platanen zurück; Erstaunen mischte sich in die verebbende Wut: hatte diese nicht einen Punkt zutage gefördert, von dem aus ich die Welt aus den Angeln heben konnte? Beinahe streifte mich schon ein Vorgenuss auf den nächsten Zornausbruch, um dem Gartentörchen erneut einen ungehörigen Stoss zu versetzen, aber zunächst musste es möglichst schadlos wieder eingerenkt werden. Nun hatte ich die eigenartige Überzeugung, dass die kleine Gartentür, trotz ihres Hin- und Herschwingens, durch ihre weisse Farbe wie durch eine Tarnfarbe geschützt war und von den spärlichen Passanten um diese Morgenstunde unbemerkt blieb, während es allerdings eine Person gab, der das provozierende Schauspiel bestimmt nicht entgangen war: meine Mutter. In der gegen die Buchshecke gerichteten Fassade des Hauses befand sich ein quadratisches, etwas vorspringendes Fenster, hinter dem meine Mutter, ähnlich den in den traditionellen Vierteln Kairos hinter ihren holzvergitterten Erkern verborgenen Frauen, ungesehen das Strassenleben verfolgen konnte. Mit einer betont lässigen Bewegung hängte ich das Gartentörchen wieder ein, machte noch ein paar Schritte auf das Haus zu, blickte zu dem massgeblichen Fenster auf: es stand halb offen. Ein kurzer Ruf meinerseits, etwas hoch wie in Gefahr, lebhaftes Winken, die Erlösung: das Auftauchen meiner Mutter, ihr Lächeln, eine Augenbraue amüsiert hochgezogen. Hatte meine Rückkehr die Versöhnung bewirkt, die Schaukelbewegung des Gartentörchens oder schlicht die Tatsache, dass es wieder glücklich eingerenkt war? Triumph und Furcht bestürmten mich gleichzeitig; aber nicht immer sollte sich die Welt so leicht bewegen lassen. Mein Vater ist tot durch die offene Gartentür getragen worden; meine Mutter ist nie mehr durch sie heimgekehrt. Andere Kinder hasten vergeblich zurück, irgendwo auf den Fluchtstrassen dieser Erde, um den entscheidenden Angelpunkt zu finden; sie glauben sich durch ihre Kleinheit geschützt und durch den weissen Verband um den Kopf unsichtbar gemacht, doch lasergesteuerte Bomben treffen sie aus fünftausend Metern Höhe versehentlich, wie gemeldet wird, aber unfehlbar. Auf Nachtsichtgeräten und Satellitenbildern haben umherirrende Kinder nicht einmal die Grösse eines Kieselsteins. Ein Ballonfahrer funkt aus der Luft, während er eben die Welt umsegelt, nicht der Rekord sei das Überwältigende, nein, sondern die Erde unter ihm, diese aufschimmernde Kugel mit ihren Meeren, Wäldern, Ebenen, Platz gewährend für alle; kaum in der ägyptischen Wüste gelandet, verprügeln sich vor seinen Augen die Fotografen. Die Erdkugel schwebt weiter durchs All; in der Tiefe der Vergangenheit rollt der Ball meiner Mutter langsam in eine unerhörte Rotation; die Buchshecken verschlingen ohne Verzögerung das Gartentörchen. Doch in meinen Träumen halte ich auf es zu. Warum nur dauert der Weg zurück unter den Platanen so lang, weshalb ist die Lust, der Gartentür einen Stoss zu versetzen, so beklemmend geworden; ich habe keine Gewissheit mehr, ob Unzumutbarkeiten durch Zorn verwandelt werden, sich zerstörte Ordnungen wieder einpendeln lassen. Aber noch heute muss ich jene inzwischen rostige Türangel finden und die kleine weisse Gartentür ins Schwingen bringen, nicht als ginge es um eine kurze Mutprobe, sondern um Tod oder Leben.

Ein Höhepunkt

Max Huwyler

Die alte Frau im Altersheim nahm mich am Ärmel, führte mich ans Fenster. «Lueg, das isch de Rigi.» Und mit einem Armschlenker vom Zugerberg bis hinüber zum Pilatus: «Und deet heds no ganz vill Rigine.» Selbst die drei grossen Berner Oberländer sind ihr entfallen. De Rigi. Der Rigi blieb ihr bis zum nicht mehr ganz fernen letzten Atemzug.

Der Rigi

Der oder die, maskulin oder feminin, *le mont* oder *la montagne.* «Königin der Berge» (fem.) ist ohnehin ein touristiksprachlicher Mumpiz im Herzen der CH-Demokratie. – Stadt Zug *geht uf de Rigi.* Die Cousinen im Ennetsee sagten *uf d Rigi ufe* sei richtig. Ich fand die Cousinen einfach blöd.

Der Rigi, ein Berg, wie ihn Kinder machen im Sandhaufen, ein Berg ohne ragende Spitze. Ein Hoger, der oben kuppig einfach aufhört. Gut, ist da ein Sendemast drauf, da sieht man, dass oben fertig ist. Als Jugendlicher war für mich der Rigi kein Berg zum Besteigen wie der Wildspitz, der Keiserstock, der Uri Rotstock. Alle ohne Bahn hinauf. Und doch: Alle wollen hinauf. Alle schaffen es auf den Kulm.

Die Familie

«Hinicht gömmer uf de Rigi», sagte Papa. «Leggid d Bäärgschue aa.» Letzter Zug nach Goldau. Dann zu Fuss durchs Dunkle hinauf. Vorne Papa mit der Taschenlampe. Er kannte den Weg. Die Kinder kannten Papa. Sie sahen nur, dass vorne Licht war. Eines strauchelte über eine liegende Kuh. Beim Klösterli drei Gegrüsst seist du Maria gebetet. Sie schafften es vor Sonnenaufgang auf den Kulm. Trinken, essen, ruhen. «Wo isch jetz de Rigi?», fragte der Kleine. «Wemmer doben isch, gseed mer en äbe niid», sagte die grosse Schwester. «Luegid jetz, wie d Sunnen uufgood.» Das war Vater. «Werum?», fragte der Kleine.» – «Aber gäll, abe nämmer s Bäändli», sagte das Kind, das noch nichts gesagt hatte.

Läufer, Biker, Bähnler

Die Läufer des Rigi-Laufs laufen ab Arth über Goldau zum Rigi Kulm. Laufen hat viele Bedeutungsvarianten. Der Schnellste schaffte es 2015 in 1 Stunde, 12 Minuten und 56,9 Sekunden, die schnellste Frau in 1:28:26,3. Warum denn so eilig?

Der Rigi-Lauf der Stadt Bremgarten geht an Auffahrt durch die Nacht. Abmarsch um 19.30. 2013 schafften es über 900 bis Rigi Kulm. – Die Chinesen und Japaner und Koreaner kommen im Pulk mit der Vitznau-Rigi-Bahn. Die Bahn hat keine WC-Kabinen. Auf Kulm dann Pipi, dann Foti Foti Foti Foti Foti, dann Selfi.

Die Rigibahnen nehmen Bikes nicht mit. Wer auf die Rigi will, soll treten. Und sie tun es, die Mountainbiker mit ihren Mountainbikes. Wenn schon, dann bis hinauf auf den Kulm. Hinunter tun dann die Hände weh vom Bremsen.

Wisel Kaiser

Alois Kaiser, genannt Wisel, betrieb die erste Garage an der Baarerstrasse in Zug. 1929 überquerte er im Auto den gefrorenen Zuger See nach Buonas. 1937 kam der Rigi dran. Mit einem Opel Olympia machte er den Rigi von Vitznau hinauf. Dabei war ein Hilfstrupp mit Schaufeln und Pfosten und Brettern.

Wisel liess die Fahrt dokumentieren. Ein Filmer war dabei. Alois Kaisers Fahrt wurde zum

Medienspektakel. Die 500 Franken Busse taten ihm nicht weh.

Der Witwer
Einer kam herauf via Klösterli auf den Rigi mit der Last der Trauer um seine Frau, er suchte Trost am Berg. Er schrieb im August 1808 im «Wirthshause zum ‹Ochsen› auf dem Rigiberge» dieses Gedicht:

Der starke Rigi
(Den 2. August 1808)

Getragen hast du viel und viel ertragen!
Du starker Rigi trugst den stärkern Tellen
Als er gezogen kam von Appenzellen,
Und hin ging den Tyrannen zu erschlagen.

Und jetzt erträgst du, du bist zu beklagen,
Viel dicke Herrn, dünnfühlende Mamsellen,
Unnützer Tross von Klinkern, Flittern, Schellen,
Wie allwärts er erscheint in unsern Tagen!

Gesindel, das mit hohlen Phrasen schachert,
Und doch umsonst um ein Gefühlchen prachert,
Entflieh von diesen Felsen, die einst liebten!

Ihr aber naht, ihr Schwer- und Tiefbetrübten,
Und mischt der früh geschiednen Liebe Sehnen!
Hier mit des Witwers Rigi Felsenthränen!

Friedrich Ludwig Zacharias Werner wurde 1768 in Königsberg geboren als Sohn eines Professors der Beredsamkeit. Friedrich Werner war Dichter und Prediger. Er starb 1823 in Wien.

Das Paar 1

Er hiess Rudolf. Rudolf, nicht Ruedi. Er war leidenschaftlicher Einzelläufer. Es musste die Rigi sein, immer wieder die Rigi. Immer von Vitznau hinauf auf den Kulm. Seine Frau Veronika musste mit. Sie fuhr mit der Bahn hoch, hatte den Koffer dabei mit frischen Kleidern für Rudolf. Sie war leidenschaftliche Pianistin.

Sie setzte sich im Kulmhotel auf die Terrasse, wartete. Sie schloss die Augen und ging Partituren durch, machte Konzerte ohne Klavier. Irgend einmal kam Rudolf, schaute auf die Uhr, keuchte, lachte. Er ging duschen. Sie ging eine weitere Partitur durch. Sie wäre noch gerne mit ihm auf den Kulm spaziert nach dem Nachtessen. Sie nahm sich dann halt wieder eine Partitur vor. Vermisste das Klavier.

Das Paar 2

Das junge Paar hatte enthaltsam gelebt. Sie suchten fürs Erste Mal einen besonderen Ort. «Look, Steeve», sagte sie und zeigte auf einen Prospekt. Sie flogen über den Atlantik nach Zürich Swizzerland, kamen im Kulmhotel an. «Was quite complicated to get up here.» Sie nahmen den Zimmerschlüssel, der Nachtschlüssel war dabei. «Enjoy your stage on Rigi Kulm», sagte die Dame an der Rezeption. «We shurely will», sagte der Mann und lächelte seine Frau an. Nachts um zwölf gingen sie zur Kulmkuppe hoch, legten sich zueinander. «Wonderful climax on top of Rigi Kulm, Swizzerland», schrieb sie ins Tagebuch. Zum 25. Hochzeitstag kamen sie wieder. Mit den drei erwachsenen Kindern dabei. Sie erzählten ihnen beim Nachtessen ihre kleine Rigi-Geschichte. «Well done», sagte ihr ältester Sohn.

Taappä · Tschäpper · Chlungäl

«Bin ich deshalb so hoch heraufgestiegen,
um mich von Wolken eingehüllt zu sehen,
die mir den Hochgenuss der Aussicht leiden!
Nein wahrlich nicht! Es muss die Sonne siegen,
und müsst ich hier noch bis zum Abend stehen!
Sonst würd' ja trostlos ich von hinnen scheiden!»

(N. N.)

Am 8. September 1823 hinterliess ein unbekannter Gast diese Zeilen im Gästebuch des Gasthofs auf der Rigi Kulm. Ein weiterer Eintrag kurz darauf zeigt: Sein Warten wurde belohnt! Hier aus: W. H. Vormann, *Aus den Fremdenbüchern von Rigi Kulm,* Haller, Bern 1883.

Ode an die Rigi

Andreas Iten

Unbewegt über Jahrtausende ruhst du,
o Herrliche, in dir selbst,
trägst Menschen aus aller Welt
auf dem gewaltigen Rücken,
der sich dem stolzen,
ausufernden See entlang zieht
wie eine mächtige, bucklige Schleife
mit Höckern und Spitzen,
Gipfeln, Ecken und Kanten,
Abstürzen, Kämmen.
Du bäumst dich am Ende auf,
erhebst zum Kulm
dein prächtiges Haupt, wo der Rundblick
ins Ebene geht,
mit Städten, Dörfern und Seen,
in grossem Bogen zu den
gewaltigen Bergen,
zu majestätischen Riesen.
Fruchtbar bestellt sind
die Wiesen und Äcker im Tal.

Eine Kanzel bist du,
von Dohlen spielend umsegelt,
auf der ein Mensch
dem Lied des Windes lauscht
und sich zu fürchten hat, wenn Wetter,
Blitz und Donner aufzieh'n.

Edel der Name, mit dem dich die
Liebenden in den Annalen
als Königin bezeichneten, dich
Regina montium nannten.
Eine Königin bist du selbstredend,
krönst du doch, von den
Alpen auslaufend, sanft
den Charakter der Landschaft.
Selbst die Engländer, die
früh den Berg als Ziel entdeckten
und ihn bestiegen, nannten dich
«Queen of the mountains».
Weiblich seiest du und lieblich,
nicht maskulin wie der
Pilatus, der mit schroffen Felswänden
ins Mittelland ragt.
Seinen Zacken setzest du
Wiesen und Weiden entgegen.

Die Älpler, denen das Latein
nicht leicht von den
Lippen lief, tauften dich
nach den streifenförmig
von Nordosten nach Nordwesten
hochziehenden Felsbändern,
Rigenen genannt. Stiegen sie
mit dem Vieh hinauf zu den
hohen Matten, sagten sie:
«Uff an denn obresten grad Rigenen».
Dies kürzten sie
mit feiner Zunge auf zwei Silben,
damit ein Klang entstehe,
der leichter vom Mund geht.
Nun passt er in alle Sprachen
der Welt, ins Japanische
so gut wie ins Welsche,
du bist ganz einfach: die Rigi.

Zwischen dem Sonnenaufgang
und dem glutroten
Abschied des Lichts am Abend
spannt sich der Tag zum Werk.
Im Gelingen liegt Glück.
Ruhe und Stille kehrt ein.

Draussen taucht
das volle Licht des Mondes die
Berge und ihre Häupter
in seinen sanften, zärtlichen
Schein. Der Nachthimmel
mit dem unermesslichen
Sternenmeer rückt die Mühsal
des Tages in weite Ferne.
Du aber bist, ob der Mensch
auf dir herumkriecht oder dies
und jenes werkt, dieselbe geblieben wie
seit Jahrtausenden schon.

Trucke · Trischtä · Lismer

Die Autoren und Quellen

Der Herausgeber dankt Franz Hohler, Peter von Matt, Gertrud Leutenegger und ihren Verlagen sowie Christoph Ferber für die Abdruckgenehmigungen zu ihren Beiträgen.

Konstantin Sergeevich Aksakov, geb. 1817 in Novo-Aksakov, gest. 1860 auf Zakynthos (GR), war ein russischer Historiker, Kritiker und Schriftsteller und einer der bekanntesten Slawophilen (eine 1820 bis 1860 aktive politisch-publizistische Bewegung, ausgerichtet auf das «ursprünglich Russische», verbunden mit aufklärerischen Ideen). 1838 bereiste er aufgrund einer unglücklichen Liebe die Schweiz. *Schweizreise 1883*, aus den Briefen an die Eltern des Autors, hier übersetzt von Christoph Ferber, aus: Peter Brang (Hrsg.), *Landschaft und Lyrik.* Schwabe Verlag, Basel 1998.

Otto Julius Bierbaum, geb. 1865 in Grünberg in Schlesien, gest. 1910 in Dresden, war Schriftsteller, Librettist und Redakteur und später Herausgeber der Zeitschriften *Die freie Bühne/Neue Deutsche Rundschau, Pan* und *Die Insel.* An dieser Stelle sei besonders erwähnt, dass er 1902 angeblich als erster den Gotthardpass mit einem Auto überquerte. *Die Yankeedoodlefahrt,* aus: O. J. Bierbaum, *Die Yankeedoodlefahrt und andere Reisegeschichten,* Georg Müller Verlag, München 1910

Martina Clavadetscher, geb. 1979, studierte Germanistik, Linguistik und Philosophie an der Universität Fribourg. 2006 wurde ihr erstes Theaterstück *Drei Frauen* am Luzerner Theater uraufgeführt, wo sie 2013/2014 auch Hausautorin war. 2014 erschien ihr Prosadebüt *Sammler* im Verlag Martin Wallimann,

Alpnach. 2016 erhielt sie den Essener Autorenpreis. *Nadeln im Fels* erscheint erstmals in vorliegender Anthologie.

Tony Ettlin, geb. 1950 in Stans, aufgewachsen daselbst in der «Freien Republik Schmiedgasse», Verkehrsschule in Luzern, berufliche Tätigkeit bei der Swissair, Studium in Organisationspsychologie in Zürich, seit 1987 selbständiger Berater für Organisationsentwicklung. Er lebt in Uitikon. Zuletzt erschien *Blätterteig und Völkerball, Eine Jugend im Schatten des Stanserhorns,* Limmat Verlag, Zürich 2007. *Regina* erscheint erstmals in vorliegender Anthologie.

Johann Joseph von Görres, geb. 1776 in Koblenz, gest. 1848 in München, Hochschullehrer und katholischer Publizist. Als Anhänger der Frz. Revolution war er Herausgeber der Zeitschrift *Das rote Blatt*, jedoch angestossen von Gewalt und Willkür jener Zeit. 1814 gründete er den *Rheinischen Merkur.* Später wandt er sich der christlichen Mystik zu. Er weilte am 10. Juli 1820 auf der Rigi. *Aus den Briefen,* hier aus: Hans Koch, *Rigi,* Kalt-Zehnder, Zug 1955.

Franz Hohler, geb. 1943 in Biel, schrieb nicht nur irre viele Bücher, Kinderbücher, Theaterstücke, Radio- und Fernsehsendungen, die auf seiner aussergewöhnlichen Webseite (zusammen mit den jeweils schlechtesten Kritiken dazu) gelistet sind, sondern ist auch renommierter Kabarettist und Liedermacher. Er erhielt eine das Format dieser Vita sprengende Zahl der wichtigsten Auszeichnungen. *Mons rigidus* erschien erstmals in: F. Hohler, *52 Wanderungen,* Luchterhand, München 2005, neu als Sonderausgabe, btb-Verlag, München 2016.

Thomas Hürlimann, geb. 1950 in Zug, studierte Philosophie in Zürich und an der FU Berlin. Nach dem Studiumsabbruch war er Regieassistent und Dramaturg am Berliner Schillertheater, seit 1980 ist er freier Schriftsteller. 1985 kehrte er in die Schweiz zurück; nach Lehraufträgen in New Hampshire und am Deutschen Literaturinstitut Leipzig lebt er wieder vor allem in Berlin. Er erhielt zahlreiche Preise und Auszeichnungen; seine Werke – in 21 Sprachen übersetzt – erschienen im Ammann Verlag Zürich und bei S. Fischer (zuletzt *Nietzsches Regenschirm,* 2015). *Der Berg. Ein Herangang* erscheint erstmals in vorliegender Anthologie.

Max Huwyler, geb. 1931 in Zug, war Sekundarlehrer und verfasste neben Standardwerken für den Unterricht Texte für Kinder, Stücke für die Schulbühne, Hörspiele, kurze Prosastücke, Gedichte und Kinderbücher. An Lesungen arbeitet Huwyler auch mit Musikern zusammen. Ausserdem übersetzte er Stücke von Elias Canetti und Günter Grass ins Schweizerdeutsche. Er erhielt verschiedene Auszeichnungen, darunter 1993 den Schweizer Jugendbuchpreis und 1996 den Preis der Schweizerischen Schillerstiftung. *Ein Höhepunkt* erscheint erstmals in vorliegender Anthologie.

Andreas Iten, geb. 1936 in Unterägeri, unterrichtete am Lehrerinnenseminar in Menzingen. 1971 wurde er Gemeindepräsident von Unterägeri, später Regierungs- und Ständerat des Kantons Zug. Anschliessend war er Stiftungsratspräsident der Schweizer Journalistenschule MAZ, Ombudsmann der SBB, Präsident der Eidgenössischen Filmkommission und bis 2013 Präsident des ISSV. Er ist Verfasser von Sachbüchern und Prosawerken, zuletzt erschien 2016 als Privatdruck der Gedichtband *Im Garten Epikurs. Die Wunder des Lichts I. und II.* sowie die *Ode an die Rigi* erscheinen erstmals in vorliegender Anthologie.

Ernst Kossak, geb. 1814 in Marienwerder, Westpreussen, gest. 1880 in Berlin, war Klavierlehrer, Schriftsteller, Musikkritiker und Journalist; er gilt als «Erfinder» des Berliner Feuilletons im 19. Jahrhundert. Er arbeitete für zahlreiche moderne Tageszeitungen und Zeitschriften und veröffentlichte diverse zuweilen humoristische Bücher. *Schweizerfahrten. Rigi,* aus: E. Kossak, *Schweizerfahrten,* Brockhaus Verlag, Leipzig 1858.

Isolde Kurz, geb. 1853 in Stuttgart und gest. 1944 in Tübingen, wuchs in freigeistigem Umfeld auf. Sie lebte von Übersetzungen und Sprachunterricht, zog nach Italien und veröffentlichte ab 1888 vor allem Gedichte, Novellen und Erzählungen. Nach 1933 blieb sie zwar systemkonform und geehrt, hatte jedoch ein ambivalentes Verhältnis zum Regime. *Rigi Regina,* aus: I. Kurz, *Aus meinem Jugendland,* Deutsche Verlags-Anstalt, Stuttgart/Berlin 1918.

Erich Langjahr, geb. 1944 in Baar, ist ein Schweizer Filmregisseur, Produzent und Kameramann. Seit 1971 produziert und dreht der Autodidakt Dokumentarfilme in der Schweiz. 1994 gründete er zusammen mit Silvia Haselbeck die Langjahr Film GmbH. Seine Filme wurden vielfach international ausgezeichnet; für sein gesamtes Schaffen erhielt er 2002 den Innerschweizer Kulturpreis. *Mein erster Berg* – eine Bearbeitung verschiedener Interviews und Berichte durch Andreas Iten – erscheint erstmals in vorliegender Anthologie.

Gertrud Leutenegger, geboren 1948 in Schwyz, veröffentlicht seit 1975 Romane, Erzählungen, Gedichte und Theaterstücke; ein Werk, für das sie vielfach ausgezeichnet wurde. Sie wohnt in Zürich. Zuletzt erschienen bei Suhrkamp die Romane *Matutin* und *Panischer Frühling*. 2014 erhielt sie für ihr Gesamtwerk den Roswitha-Preis der Stadt Bad Gandersheim. *Luftbild* erschien erstmals in: Marie-Thérèse Kerschbaumer (Hg.), *Arkadien / Apologie,* Sonderzahl, Wien 2003 sowie in: G. Leutenegger, *Gleich nach dem Gotthard kommt der Mailänder Dom, Geschichten und andere Prosa,* Suhrkamp, Frankfurt a. M. 2006.

Peter von Matt, geb. 1937 in Luzern, wuchs in Stans auf und studierte in Zürich und Nottingham. Von 1976 bis 2002 lehrte er als Professor für Neuere Deutsche Literatur an der Universität Zürich; 1980 an der Stanford University Kalifornien und 1992/1993 am Wissenschaftskolleg zu Berlin. *Pilatus versus Rigi* ist ein Auszug aus: *Der Pilatus. Gesichter und Geschichten eines Berges,* überarbeitetes Vorwort zu: Hansjürg Buchmeier, *Pilatus – Ein Berg – Hundert Ansichten,* Brunner Verlag, Kriens 2008. Hier aus: P. von Matt, *Das Kalb vor der Gotthardpost. Zur Literatur und Politik der Schweiz.* Carl Hanser Verlag, München 2012.

Felix Mendelssohn Bartholdy, geb. 1809 in Hamburg, gest. 1847 in Leipzig, war einer der bedeutendsten Musiker und Dirigenten der Romantik. Er prägte das Verständnis für die klassische Epoche der deutschen Musik. Auf einer langen Reise nach Italien besuchte er Ende August 1831 Luzern und die Rigi. Neben seinen zahlreichen Briefen an die Familie wurden auch jene seiner Schwester Fanny Hensel bekannt; auch sie reiste auf die Rigi. *Reisebrief,* aus: F. Mendelssohn Bartholdy, *Reisebriefe,* Verlag von Hermann Mendelssohn, Leipzig 1862.

Klaus Merz, geb. 1945 in Aarau, Sekundarlehrerausbildung, Lehrauftrag für Sprache & Kultur, längere Schreibaufenthalte in Deutschland, Frankreich, London und Venedig. U. a. wurde er mit dem Aargauer und dem Solothurner Literaturpreis, dem Hermann-Hesse-Preis, dem Gottfried-Keller-Preis und dem Friedrich-Hölderlin-Preis ausgezeichnet. Er lebt als freier Schriftsteller in Unterkulm. Seit 2015 erscheint die *Werkausgabe in 7 Bänden*, hg. von Markus Bundi. *Mit Maria zum Schnee* erscheint erstmals in vorliegender Anthologie.

Annemarie Regez, geb. 1962 in Diemtigen, studierte an den Universitäten Bern und Tübingen Philosophie, germanische Philologie, Dialektologie und Volkskunde. Sie arbeitete als

Journalistin, wissenschaftliche Mitarbeiterin bei einem Datenbankprojekt für die Schweizer Museen und als PR-Redaktorin; heute lebt sie als Bibliothekarin im Kanton Schwyz. Sie veröffentlichte zwei Romane und verschiedene andere Texte. *Goethe in Gizeh* erscheint erstmals in vorliegender Anthologie.

Anton Rotzetter, geb. 1939 in Basel, gest. 2016 in Fribourg, trat 1959 der Ordensgemeinschaft der Kapuziner bei und studierte Philosophie und Theologie in Solothurn, Bonn und Tübingen. Er engagierte er sich international für die Armutsbekämpfung. Von 1978 bis 1988 war er Gründungsrektor des Instituts für Spiritualität in Münster, danach Präsident der Franziskanischen Akademie. Lange sprach er das Wort zum Sonntag beim Schweizer Fernsehen DRS; er verfasste über 70 Bücher und schrieb für zahlreiche Zeitschriften. *Berg des Erinnerns* erscheint erstmals in vorliegender Anthologie.

Johann Martin Usteri, geb. 1763 in Zürich, gest. 1827 in Rapperswil, war als Maler, Zeichner und Dichter bekannt. Seine Gedichte, Erzählungen und Idyllen in Zürcher Mundart wurden populär, während die hochdeutschen Dichtungen weniger geschätzt wurden. *Bürgis Hütte,* Ausschnitt aus: J. M. Usteri, *Kleine Schweizerreise im September 1816,* in: *Zürcher Taschenbuch auf das Jahr 1891,* S. Höhr, Zürich 1890.

Marlène Wirthner-Durrer arbeitete als Schauspielerin in Karlsruhe, Bregenz und Luzern. 1992–2004 war sie Theatersachverständige für den Kanton Zürich, 1999–2011 Mitglied des Publikumsrates der SRG, 1999–2016 Vizepräsidentin des ISSV Innerschweizer Schriftstellerinnen- und Schriftstellervereins. Sie ist Präsidentin der «Gesellschaft Nidwaldner Volksblatt» und schreibt regelmässig satirische Beiträge für das Schweizer Radio DRS. *Willibald* erscheint erstmals in vorliegender Anthologie.

John Wolf Brennan, geb. 1954 in Dublin, ist Klassik-, Jazz- und Improvisationsmusiker, Komponist, Dirigent und Kolumnist. Er studierte in Fribourg, New York, Luzern, Dublin und Bern, veröffentlichte mehr als 50 Tonträger und wurde mit 12 «Swiss Grammys» in Folge ausgezeichnet. Neben seiner internationalen Konzerttätigkeit schreibt er u. a. szenisch und literarisch inspirierte Musiken zu Werken zahlreicher Schriftsteller. Er lebt als Akkordarbeiter in Weggis, am Fuss der Rigi. *Brummbär auf dem königlichen Kulminationspunkt* erscheint erstmals in vorliegender Anthologie.

Theodor Wolff, geb. 1868 in Berlin, gest. 1943 in Sachsenhausen, wuchs in einer grossbürgerlich jüdischen Familie auf. Er schrieb Romane, Sachbücher und Theaterstücke, war Mitbegründer der Freien Bühne Berlin und hernach bis 1933 Chefredakteur des *Berliner Tageblatts.* Nach dem Reichstagsbrand floh er in die Schweiz, wurde ausgewiesen, in Nizza verhaftet und ins KZ Sachsenhausen deportiert. *Im Regen,* aus: Th. Wolff, *Spaziergänge,* Verlag Albert Ahn, Berlin/Leipzig/Paris 1909.

Von der biographischen Darstellung der Verfasser der eingestreuten Zitate – inklusive des allseits bekannten Alexandre Dumas (des Älteren) – muss hier abgesehen werden. Erwähnt werden soll noch der im Editorial zitierte Vladimir Benediktov (1807–1873), ein erfolgreicher Dichter der späten russischen Romantik, der die Schweiz mehrmals bereiste. Die Gedichtstrophe entnahmen wir – in der Übersetzung von Christoph Ferber – dem Band: Peter Brang (Hrsg.), *Landschaft und Lyrik.* Schwabe Verlag, Basel 1998.

(Zugabe)

Alexandre Dumas

Endlich, nachdem Licht und Dämmerung zehn Minuten miteinander gekämpft hatten, schien der ganze Osten Goldwellen daherzurollen; die hohen Alpen fingen an, sich blassorange zu färben, und während sich zu ihren Füssen eine zweite, niedrigere Alpenkette in azurblauen Zacken und Linien abzeichnete, zerriss der Nebel in breite Flocken, die der Morgenwind nach Norden entführte, und Seen erschienen wie ungeheure Milchlachen.

Jetzt erst tauchte die Sonnenscheibe hinter dem Glarner empor, anfangs so bleich, dass man fast hineinblicken konnte, bald aber breitete sie, wie eine Königin, ihren Flammenmantel um sich aus und überschüttete die weite Erde mit ihrem Goldglanze.

Es gibt Beschreibungen, deren keine Feder mächtig ist, Bilder, die kein Pinsel wiederzugeben vermag. Dazu gehört ein solcher Sonnenaufgang auf dem Rigi-Culm. Man kann sich nur auf die

Bestätigung derer berufen, die dieses prachtvollste aller Schauspiele selbst erlebt, diese allmählige, zauberische Beleuchtung eines Panoramas, dessen Mittelpunkt man einnimmt, von dem aus man drei Alpenketten, vierzehn Seen, siebzehn Städte, eine Unzahl Dörfer und siebzig Gletscher, in einem Umkreise von hundert Stunden, übersehen kann.

«Ist mir alles einerlei!», rief plötzlich Jollivet, mir ziemlich derb auf die Achsel schlagend; «aber wenn ich umgebracht worden wäre, zumal von einem *Goddam,* ohne gesehen zu haben, was ich hier gesehen – es würde mich doch ganz fürchterlich geärgert haben!»

Meine Andacht war hin.

Gegen sieben Uhr machten wir uns auf dem Weg nach Luzern zurück.

Alexandre Dumas, *Reiseerinnerungen aus der Schweiz, zweite Reihenfolge, dritter Band, V. Der Rigi.* Frei nach dem Französischen bearbeitet. Verlag von Chr. Ernst Kollmann, Leipzig 1853.

«All descriptions perfect humbug!»

J. B. Bowls

Eintrag am 1. Juli 1830 in das Gästebuch auf der Rigi Kulm. Hier aus: W. H. Vormann, *Aus den Fremdenbüchern von Rigi Kulm,* Haller, Bern 1883.

Inhalt

Auflösung

23 Hämmli: Hemd
Äbbeeri: Erdbeeren
Schträäl: Kamm

36 Bänne: Schubkarre
Cheschtene: Kastanie
Faarä: Farnkraut

48/49 Chrattä: Korb
Harrassä: Lattenkiste
Riitiseili: Schaukel
Sägeze: Sense
Bütschgi: Kerngehäuse
Hampeissi: Ameise

56 barfuäss: barfuss
Schwämm: Pilze
Chlämmerli: Wäscheklammer

70 Pfnüsel: Schnupfen
Cheli: Grosse henkellose Tasse
Schalousie: Fensterladen

86 Heugümper: Grashüpfer
Gufere: Gepäck/Koffer
Züpfe: Brot in Zopfform

100 Schübä: Schürze
schiffä: regnen
Chatzärääbel: Kater

123 Taburettli: Hocker
Chriesi: Kirschen
Glettiise: Bügeleisen

140 Büebel: Knabe
Böllä: Zwiebel
Beckäli: Tasse

155 Taappä: Hand
Tschäpper: Schirmmütze
Chlungäl: (Woll-)Kneuel

161 Trucke: Schachtel
Trischtä: geschichteter Heuhaufen
Lismer: gestrickter Pullover